物語のレッスン

読むための準備体操

土方洋一

青簡舎

まえがき――この講義が目指すこと

フランスの詩人アルチュール・ランボー（1854–1891）は、十代から二十代の初めにかけて鮮烈な詩編を書き、やがて詩から遠ざかって、アフリカに渡り、武器の売買や奴隷商人のようなことをして生き、三十七歳で死んだ人です。詩人というよりは、詩人として生きることを拒んだ詩人、といった方が正確かもしれません。

そのランボーが書いた詩に、「母音」という有名な作品があります。

Aは黒、Eは白、Iは赤、Uは緑、Oは青、母音たちよ、
僕はいつの日か語ろう、君たちの秘め隠された誕生のことを。

（ランボー「母音」冒頭　窪田般彌訳）

アルファベットの母音と色を組み合わせた、想像力の遊びなのですが、なぜAが黒なのかを論理的に説明するのは困難です。なんとなく黒、でもそれしかありえない、という口調です。

右にあげた冒頭に続き、五つの母音の持つイメージが順に描かれていきますが、全文を引用すると

長くなるので、最初のAにあたる部分だけ続けて引用してみます。

　A、ひどい悪臭のまわりをぶんぶんと飛びまわる、
　きらめく蠅たちの毛むくじゃらな黒いコルセット、

どうしてこれがAなのか、よくわかりませんね。

これは、A（アー）という音が、「ひどい悪臭のまわりをぶんぶんと飛びまわる」蠅の羽音に似ているとか、Aという文字の形が、「毛むくじゃらな黒いコルセット」に似ているとか、そんな単純なことではなさそうです。ではどういうことなのかと訊かれても、うまく説明できないのですが、ただこういうふうに書かれてみると、不思議な連想の飛躍の面白さ、一種の新鮮な驚きを感じます。
A、Eなどのアルファベットの文字の形や発音、その文字から連想される単語と、黒（noir）、白（blanc）、等の色の名を表わすフランス語の発音、綴りなどが出会った瞬間にほとばしる新鮮なイマジネーションの面白さが、おそらくこの詩の魅力の核心です。しかしその面白さは、フランス語ということばと密着して生まれてくる面白さであって、フランス語以外の言語（ことに日本語のように起源的に遠い言語）に翻訳したとたんに、ほとんどわからなくなってしまうでしょう。
　繊細で微妙なことばの用法が生命である文学作品は、テクストが制作される際に使用される言語の性格に大いに規制されます。それは散文においても同じで、日本語（やまとことば）*を用いて創作さ

れた物語は、日本語という言語の特性に根ざした構造と表現を持っていて、それが文学としての価値と密接に結びついているはずです。

　翻訳を通して文学を味わうことが不可能だというつもりはありませんが、文学がことばの芸術である以上、作者がその物語を創作する時に用いた言語を通じて理解しようとするのが最善であることは間違いありません。たとえて言えば、原語のテクストは作曲家のオリジナルの譜面で、翻訳されたテクストはその曲の編曲されたヴァージョンにあたると表現することができるでしょう。本当にモーツァルトの音楽を味わおうと思ったら、モーツァルト自身が書いた楽譜によって演奏し、鑑賞するのがベストであることはいうまでもありません。


　物語の構造や表現の特色について説明した書物はこれまでにもたくさん書かれていますが、個々のテクストの分析ではなく物語全般を対象にした理論書は、たいてい欧米の研究者によって書かれたもので、分析の対象になっているのは、英語やフランス語など、欧米の言語によって書かれた物語です。日本語によって書かれた物語には、日本語ということばの性格に密着した表現構造と、日本語という媒体に由来する魅力があるはずです。

　この講義では、日本語で書かれた物語を対象にして、それらの文章のどういうところに魅力があるか、どういうところに注目して読めばその魅力が存分に味わえるかを考えてみたいと思います。

その際に、体系的な〈読みの理論〉のようなものを目指すのではなく、私たちがふだん物語を読む時にどのような読み方をしているのか、物語に引き込まれて読んでいる時に私たちの心の中で何が起こっているのかを、現象的に記述することを大切に考えたいと思います。

私たちは、物語を読んでいる時に、読みの方法を意識して読んでいるわけではありません。ただ何も考えずに、楽しんで、夢中になって読んでいるだけです。しかし、それと意識していないだけで、私たちの中では、ルールに従ったある種の読みの方法が働いています。自分の自由に読んでいるつもりでも、私たち読者の間で共有されている読み方の法則のようなものがあって、それに従って読んでいるはずなのです。そうでなければ、〈読む〉という行為を共通の話題にする意味がありません。

そこでまず、日本語を母語とする私たちが、日本語で書かれている物語を読んでいる時にどのような読み方をしているのかを確認する作業をしてみようと思います。既成の〈読みの理論〉のようなものを外側から当てはめるのではなく、私たちの裡にある、読むという行為のメカニズムを明確に意識することを、ここでの探求の第一の目的にすえることにしましょう。簡単に言えば、自分がいつもどのようにして物語を読んでいるのかを自覚的にとらえなおそう、ということです。

そうすることにどんな意味があるのか？

ボールを投げるという行為は無意識にでもできますが、自分がボールを投げている時に、どのように身体を動かしているか、どこの筋肉を使っているか、というようなことを自覚することによって、さらに速く遠くへボールを投げる工夫をすることが可能になります。それと同様に、自分の読み方に自覚的になることで、自分の工夫で読みをさらによりよいものにし、深めていくための足場を築くことができると思うのです。

そのためには、ふだん読書をしている時に自分の心の中でどのような現象が起きているのかを自覚する必要があります。これから始める講義の中では、様々な物語の本文を引用することになりますが、夢中になって読書をしている時に自分がどんな読み方をしているか、そういういつもの気分を思い出しながら、引用する本文を読んでいただくといいかもしれません。限られた引用の中にも、注意して読めば、実に様々な問題が含まれているはずです。自分自身の眼で本文に向かい合おうとすれば、きっと講義の中で説明されること以外にもいろいろと感じることがあるのではないかと思います。そういう自分で気づいたことのあれこれについても、メモをとりながら読むようにすると、これからの講義をより楽しんでもらえるかもしれません。

引用する本文の選択にあたっては、なんとなくですが、二つのことを念頭においています。

一つは、できるだけよく知られている文章から採るようにしようということです。はじめて読む文章だと、どうしてもまず内容を把握することに意識が向いてしまいますが、よく知っている文章なら、講義の説明を聞いて、これまで自分がなぜこの文章を読んで感動したのか（あるいは感動できなかったのか）がわかりやすいはずだからです。「この文章は教科書で読まされたけれど、そんなにおもしろいとは思わなかった。でもこういう読み方ができるとすると、意外におもしろい文章なんだなあ」と思ってもらえれば、講義としては大成功です。

二つ目に心がけることとしては、なるべくいろいろなタイプの文章を取り上げてみたいと考えています。近現代の口語体の文章を素材にするほうがとっつきやすいので、近現代の物語を例として取り上げることが多くなると思いますが、ところどころで、平安時代の仮名文なども取り上げてみようと思います。そうすることによって、日本語（やまとことば）がいつの時代にも抱えていた特質が物語の表現とどのように関わっているのかを考える手がかりが得られるのではないかと思いますし、歴史的な視点を導入することが、現代の文章を味読する際にも必要なことだと思うからです。

現代の若い読者の間には、「古典」と「現代文」とをまったく別のもののように見る感覚が定着しているように見うけられます。教科として「古典」と「現代文」とが分けられていることが原因だと思われますが、もちろん両者は連続しているものです。そのことに気づいてほしいと思ったことも、「古典」の例文をとりまぜることにした理由の一つです。

もっとも、そんなに様々なタイプの文章に通じているわけではないので、どうしても講義をする私が読み慣れているタイプの物語に話題が偏ることは避けられないでしょう。どうかその点はお許しください。

読者の間で共有されている読み方があると、先ほど言いましたが、その人その人で興味を持つポイントが違うということはもちろんあるでしょうし、個人的な読み方の癖のようなものもあるでしょう。これからお話しすることも、もしかすると、私という読者の読み方の癖のようなものを反映した説明になってしまうかもしれません。もし私の説明を聞いて違和感を覚えたら、「自分だったら、この文章の面白さをこのように説明します」という意見を聞かせていただけたらうれしいです。

それでは長ったらしい前置きはこれぐらいにして、さっそく講義を始めることにしましょう。

* 日本語で書かれた文章には、もちろん漢語をはじめとする外来語も語彙として含まれていますが、文の構造としては歴史的に一貫した性格を持っており、それをここでは〈やまとことば〉と言い表わしておきます。

目次

〈本文について〉

講義の中で引用した主な本文は、以下のテキストを使用した。ただし、踊り字の扱い等、一部表記を改めているところがある。

『竹取物語』『伊勢物語』『枕草子』『源氏物語』(小学館新編日本古典文学全集)
謡曲『浮舟』(新潮日本古典集成)
『漱石全集』『志賀直哉全集』『芥川龍之介全集』『幸田文全集』(岩波書店)
『二葉亭四迷全集』『定本柳田国男集』『宮澤賢治全集』『堀辰雄全集』『太宰治全集』(筑摩書房)
『川端康成全集』『福永武彦全集』(新潮社)
『谷崎潤一郎全集』(中央公論社)
『定本佐藤春夫全集』(臨川書店)
三島由紀夫『春の雪』(新潮社)
遠藤周作『沈黙』(同)
村上春樹『羊をめぐる冒険』(講談社文庫)
村上春樹『海辺のカフカ』(新潮社)

ガイダンス――「物語」の定義

この講義では、日本語で書かれた「物語」を分析の対象にしますが、話を始める前に、対象となる「物語」とはどのようなものを指すのかについて定義しておく必要があります。ちょっと面倒ですが、しばらくおつきあいください。

平安時代に書かれた『竹取物語』は、普通「物語文学」(作り物語)と呼ばれています。江戸時代に書かれた『好色一代男』は「浮世草子」、明治時代に書かれた『坊っちゃん』は「小説」と呼ばれ、それぞれ別個のジャンルのテクストのように考えられています。この講義ではこれらのテクストを等しく「物語」と呼びたいと思います。そのときの、「物語」という概念はどのようなものなのでしょうか。

「物語」の最低限の定義は、「出来事の記述」であるということです。

「蛙は両棲類である」という文は、「出来事の記述」ではないから「物語」とはいえません。「夏目漱石の墓は雑司ヶ谷霊園にある」という文も同様に「出来事の記述」ではないから「物語」とは呼べません。

それに対して、「会社に遅刻した」「夏目漱石は大正五年に死んだ」は、「出来事の記述」ですから、「物語」の定義に当てはまります。

しかし、「夏目漱石は大正五年に死んだ」という文が一つの「物語」だと言ったら、きっと違和感を覚える人が多いことでしょう。そう、これだけでは「物語」の切れ端のようなもので、あまりに断片的な感じがしますね。

そこで、

夏目漱石は大正五年十一月に胃潰瘍による出血のため重体に陥り、十二月九日に死んだ。

としてみたらどうでしょう。この方が少しだけ、「物語」に近づいたような感じがしませんか？　なぜかというと、ここには「夏目漱石が十一月に重体に陥った」という出来事と、「十二月九日に死んだ」という出来事という、二つの出来事が記述されていて、その二つの出来事が時間的な前後関係として一つの文の中で結びつけられているからです。

こんなふうにして、「夏目漱石」という人が「慶応三年一月五日（旧暦）に生まれた」というところからはじめて、その後の人生において体験した（と思われる）出来事を一つ一つつけ加えていって、

「大正五年十二月九日に死んだ」という出来事で終わる文章を書くことができます。このような文章は一般的には「伝記」「評伝」などと呼ばれますが、見方によっては立派な「物語」であるともいえるでしょう。二つの出来事の結びつきは、「出来事」が「物語」に成長するための最小の単位ということになります。同様に、「塩原多助は貧しい農民だった」「塩原多助は分限者になった」という二つの出来事を結びあわせて、「塩原多助は貧農から身を起こして分限者になった」とすれば、これは規模は小さいけれども、『塩原多助一代記』の要約という形での立派な物語といえます。

こうしてみると、「物語」とは「出来事の記述」であるという定義だけでは足りないわけで、「物語」を成り立たせるためには、「出来事がどう変化したか」という要素が必要だということになります。即ち、「物語」の定義としては、

「物語」とは「出来事の推移の記述」である。

という定義のほうがより適切であるということになります。簡単に言い換えると、「何（出来事）が、どうなったか（推移）」を記述したものが「物語」だということです。あとは、その内容をどれだけ詳しく肉付けして書くかの違いだけです。一日の出来事は、「十九日。日悪しければ、船出ださず（十九日。天気が悪いので、船を出さない）」（『土左日記』）のように一行で片づけることもできるし、何千枚もの原稿用紙を費やして書くこともできます（アイルランドの作家ジェイムズ・ジョイス

（1882-1941）の『ユリシーズ』という小説はかなりの長編ですが、基本的に、一九〇四年六月十六日というある一日の出来事を記したものです）。それは規模が小さいか大きいかの違いだけで、どちらも立派な「物語」なのです。

もっとも、先にあげた「夏目漱石の生涯」の例などは、「物語」ということばから近代の小説のようなものを連想する人には、「これだけでは、なんだか物語らしくないなあ」と感じられるかもしれませんね。時系列に沿って〈出来事〉が配列されているだけの文章を仮に〈年代記的記述〉と呼ぶことにすると（一人の人物に関する〈年代記的記述〉が、先に触れた「伝記」「評伝」等と呼ばれる文章です）、そうした文章は一般にイメージされている「物語」とは少し違うような感じもします。

私は、出来事を時系列に沿って記述しただけの文章も広義の「物語」に含めて考えていいと思っていますが、しいていえば、時間の順序に従って出来事が〈羅列〉されているだけの文章は、「物語」と呼ばれるには何かが不足しているような気も確かにします。

似たような例文ばかりで恐縮ですが、次のような文はどうでしょうか。

芥川龍之介は昭和二年七月二十三日、『続西方の人』を脱稿、翌二十四日未明、致死量の睡眠薬を飲んで自殺した。

これは出来事の記述だけで成り立っているような文ですが、ただ時間的順序を追って出来事が並べられているだけではなく、七月二十三日に『続西方の人』を脱稿したという出来事と、二十四日未明に服毒自殺したという出来事との間に、心理的なつながりがあるような印象があります。芥川の死が自殺によるものだっただけに、その前日に『続西方の人』という作品を脱稿したという出来事が、遺稿として後に残しておくための覚悟の行為であったかのように読めてしまうからです（実際にどうであったかということとは別に、このように記述されると読者はそういう印象を受けるということです）。このような記述の仕方には、私たち読者に「物語」的なものを感じさせる何かがあります。さらにこの例文に手を加えて、

　芥川龍之介は昭和二年七月二十三日、『続西方の人』を脱稿、翌二十四日未明、神経衰弱の悪化のため、致死量の睡眠薬を飲んで自殺した。

とでもすれば、「物語」的な印象はもっと強まります。「神経衰弱の悪化」という出来事と、「自殺」という出来事との間に因果関係が想定できるからです。

つまり、出来事と出来事とがただ時系列的に推移するだけでなく、そこに因果関係やつながりが読みとれるようにことばが配列されているとき、その文章は、より「物語」的な性格の強い文章という印象を与えるのでしょう。

ところで、先ほど出来事がただ時系列に沿って配列されているような文章を〈年代記的記述〉と呼

びましたが、歴史的な出来事を記述した文章はそもそもフィクションではないのだから、「物語」とは違うのではないか？という疑問を持つ人がいるかもしれません。

「物語」とはフィクションの散文のことだと考えている人は、おそらくたくさんいると思われます。この共通理解に照らせば、夏目漱石が何年に生まれて何年に死んだというようなことは、ただ事実を述べているだけだから、どういじっても「物語」とは性格の異なる文章だということになります。

しかし、その文章がフィクションか否かということは、読者の立場からは明確にわかりません。平安時代の歴史を描いた『大鏡』や『栄花物語』は「歴史物語」と呼ばれ、基本的には実際にあった出来事を素材として書かれていますが、他の史料とつきあわせてみると、いろいろと食い違う点が出てきます。記憶違いや、誤った史料に基づいているという場合もありますが、何らかの理由で意図的に事実を歪曲して書いているような場合もあります。

一例を挙げると、『大鏡』（蓬左文庫本等）の中に、藤原道隆が、父兼家が重病であるにもかかわらず、娘の定子を中宮に昇らせて、世間の非難を浴びたという記述があります。しかし、他の史料によると、定子が中宮になったのは兼家が死去したあとのことで、道隆がそのことで非難を浴びたというのは事実に反します。

『大鏡』のこのような記述は、実際にはそうでなかったことが書かれているという意味でフィクションなのですが、『大鏡』の本文だけを読んでいても、どこが事実でどこがフィクションか、読者にはわかりません。

松尾芭蕉の『おくのほそ道』にしても、一緒に旅をした門人曾良の『随行日記』と照らし合わせると、実際にたどった道順と違っていたり、なかったはずの場面が書かれていたり、かなり虚構が交えられていることが判明しています。しかしそれも、『おくのほそ道』を読んでいるだけではわからないことです。

そこに書かれていることが事実かそうでないのかは、他の史料と照らし合わせたりというような批判的な読み方をすることによってはじめて浮かび上がってくることで、テクストそのものからは判断できないのです。

夏目漱石は大正五年十二月九日に死んだ。

という文も、他の様々な資料から得た知識に基づいて、「夏目漱石」という人が実在した人物であり、確かにその日に息を引き取ったらしいと確かめられるから、「事実を記録している」と判断できるのであって、この一文だけをみている限りでは、その真偽はわかりません。「メロスは激怒した」という文の真偽が問えないのと、何ら変わりはないのです。

森鷗外の『舞姫』や大岡昇平の『俘虜記』のような、作者の実体験を素材にして書かれたテクストでも、細部に至るまで事実が書かれているという保証はありません。当人にとっては事実でも、他の人から見たら「そんなことはなかった」と否定されるようなことが書かれている場合もあるでしょう（そもそも自分の主観でしか生きられない人間にとって〈事実〉とは何でしょうか）。誰が見ても事実だと認められることが何割以下ならフィクションで、何割以上ならノンフィクションだというような線引きをすることは不可能です。

「物語」というジャンルを認定する際に、事実が書かれているか否かという基準を持ち込んでしまうと、こうしたややこしい問題を抱え込んでしまうことになります。

そんなことを考えると、そのテクストが事実に基づいて書かれていても、まったくのフィクションであっても、それによって区別することをせず、「出来事の推移の記述」はすべて「物語」として扱う、という考え方のほうが、定義としてはすっきりするようです。それゆえ、単なる「年表」みたいなものは別にして、文章の形で組み立てられている「出来事の推移の記述」ならば、ドキュメンタリーのような歴史記述も含めて、すべて一種の「物語」だと、ここでは考えることにします。従って、ここでいう「物語」は、ジャンルとしての「物語」よりはもう少し幅広い概念だということになります。

「出来事の推移」の表現であるということで言えば、昔話のような口承文芸や、さらには演劇、アニメ、マンガなどもそれに当てはまります。けれども、口承文芸、演劇、アニメ、マンガなどは表現そのものが文字情報以外の媒体に大きく依存しているので、この講義ではひとまず分析の対象から除外することにします。この講義で対象にする「物語」とは、主に文字言語によって記述された（日本語によって書かれた）テクスト、ということになります。

しかし、今あげた演劇やマンガのようなものでも「出来事の推移」が表現されているわけですから、その限りで「物語」的な要素が含まれていることは言うまでもありません。

というわけで、これから私たちは、「出来事の推移が（日本語で）記述されているテクスト」を「物語」と呼ぶことにします。それらの「物語」をどう読み、どう味わうか、それを一緒に考えていくことにしましょう。

I　ストーリーとディスコース

ルネ・マグリット『大家族』
(Gustave NELLENS, Casino de Knokke-Le Zoute, Belgique)

第一講　そして、それから——ストーリー

「ガイダンス」の際に、「物語」（この講義での定義に基づく使い方なので、面倒ですがもうしばらくカッコ付きで使うことにします）は「出来事の推移の記述」だと定義しました。そのことを別の言い方で言い表わすと、物語とは、「誰（何）が、どうした」ということを順序を追って記述したものだ、と言えます。その「誰（何）が、どうした」ということの連なりを、一般に、ストーリー（筋）と呼んでいます。英語のstoryはhistory（歴史）と語源が同じで、出来事と出来事とのつながりを表わすことばです。

民話のような口承伝承（フォークロア）を研究していた人たちが、いち早く気づいたことなのですが、「物語」のストーリーには一定のパターンがあります。

たとえば、ストーリーの中で異常な出来事が発生すると、後に何らかの形でその異常は解消されるし、誰かが失踪すると、やがては必ず姿を現わすし、これこれのことをしてはならないと禁止されると、それは必ず破られます。

いま例に挙げたのは、異常の発生→解消、というような二つの出来事の照応という単純なパターンですが、「物語」のストーリーは、物語の中で語られるいくつもの出来事の間にそうしたパターンが適用され、複雑な出来事の照応を生み出すことによって成り立っています。こうした出来事と出来事との組み合わせの法則性は、それに従って進行しないと「物語」が成り立たないという意味で、いわば「物語の文法」のようなものだと言えます。

つまり、新しく創作された物語であっても、骨組みの部分は既成のパターンの組み合わせに過ぎず、ただそれを組み替えたり、ちょっと変形したりすることでしか新しいものを生み出すことはできないのです。

こうした考え方は、フランスを中心に発展した「構造分析」と呼ばれる方法に顕著に見られるもので、「構造分析」の方法は、言語学が言語の音韻構造や統語構造といった形態的側面を追究するのと同じようなやり方で、言語によって作られた「物語」の形態的側面を客観的に取り出すことを究極の目的としています。

西欧では、十八世紀末の市民革命以後、出版文化の成熟ともあいまって、芸術作品における独創性（オリジナリティ）が重視されるようになり、文学作品でも、マンネリや模倣が価値の低いものとして批判されるようになりました。ところが、先に述べたような「構造分析」の考え方からすると、物語のストーリーは決まったパターンの組み合わせによって成り立っていて、まったく新しい物語のストーリーなどというものはそもそもありえないということになります。もし、まったく前例のないような出来事のつながりを思いついたとしても、それは文法規則に外れた文と同じように、読者が読んでも理解できないか、まったく感情移入できないストーリーになってしまうはずなのです。

物語のストーリーの斬新さ、独創性を高く評価し、そうした新しい物語を思いついた作者の才能を賛美する、という受容のあり方は、十九世紀に広く浸透し、二十世紀に至ってもその影響は色濃く残っていたのですが、そのような文学観を、「構造分析」の方法は一挙に失効させてしまいました。少なくとも物語のストーリーに関しては、作者の天才的な霊感に導かれている部分など何もなく、せいぜい既成のパターンの組み合わせ方、結合のさせ方に工夫の余地があるだけだというのですから、そこに霊感やひらめきといった神秘的なものを求めることはできません。

「物語」の分析に導入されたこうした考え方は、天才的な作家が霊感に導かれて創作したものが〈文学〉だという神学的な理念から「物語」を解放し、冷静で科学的な分析の対象に変えてしまったのです。

「構造分析」は、ストーリーを小さな単位の出来事の連鎖と見ることで、物語の基本的な構造を把握しようとする試みです。この方法は、ストーリーとして表われた物語の〈かたち〉を理解しようとする際にはそれなりに有効な方法なのですが、この方法の難しいところは、作中人物の行為の持つ

「意味」をどう抽象化できるのかという点にあります。
芥川龍之介に『鼻』（一九一六年）という有名な短編があります。名僧なのだけれど、生まれつき鼻が大きく、それを気にしている禅智内供というお坊さんがこの物語の主人公です。この話の中に、禅智内供が弟子の僧から鼻を短くする治療を受ける場面があります。

弟子の僧は、内供が折敷の穴から鼻をぬくと、そのまだ湯気の立つてゐる鼻を、両足に力を入れながら、踏みはじめた。内供は横になつて、鼻を床板の上《うへ》へのばしながら、弟子の僧の足が上《うへ》下《した》に動くのを眼の前に見てゐるのである。弟子の僧は、時々気の毒さうな顔をして、内供の禿げ頭を見下ろしながら、こんな事を云つた。
――痛うはござらぬかな。医師は責めて踏めと申したで。ぢやが、痛うはござらぬかな。

（芥川龍之介『鼻』）

この「鼻の治療」という出来事は、この物語の中では様々な意味を持っています。禅智内供は自分の容貌にコンプレックスを抱いていて、治療によって鼻が短くなったことで、「幾年にもなく、法華経書写の功を積んだ時のやうな、のびのびした気分になつた」という記述がこのあとに出てきます。その記述とのつながりを重視すれば、鼻の治療によってコンプレックスの原因が取り除かれたのですから、

「欠損──→治療──→治癒」

という連鎖の中央の〈治療〉という意味を持つ出来事ということになります（昔話だったら、「醜い人が魔法によって美しく変身する」というストーリーの中の〈変身〉という一コマに相当します）。ところが、物語の中では意外なことに、以前の禅智内供の顔を見慣れていた人々は、変貌した禅智内供の顔を見て前以上におかしそうな素振りを見せます。それによって、内供のプライドはいっそう傷つくことになるのです。

所が二三日たつ中に、内供は意外な事実を発見した。それは折から、用事があつて、池の尾の寺を訪れた侍が、前よりも一層可笑《をか》しさうな顔をして、話も碌々せずに、ぢろぢろ内供の鼻ばかり眺めてゐた事である。それのみならず、嘗、内供の鼻を粥の中へ落した事のある中童子なぞは、講堂の外で内供と行きちがつた時に、始めは、下を向いて可笑しさをこらへてゐたが、とうとうこらへ兼ねたと見えて、一度にふつと吹き出してしまつた。用を云ひつかつた下法師《しもはふし》たちが、面と向かつてゐる間だけは、慎んで聞いてゐても、内供が後さへ向けば、すぐにくすくす笑ひ出したのは、一度や二度の事ではない。

鼻の治療がこうした予期せぬ結果を生んだということを重視すれば、鼻の治療によって禅智内供の容貌には今までとは違う異常が発生したことになりますから、

「常体──→変身──→異常」

というつながりの中の〈(不自然な) 変身〉という意味を持つ出来事ということになります。

さらに、もう本文は引用しませんが、物語の結末では鼻は元に戻るので、禅智内供の鼻が短くなったのは一時的な現象で、ほんのつかの間の異変に過ぎないということになります。この結末との照応を重視すれば、

「常体──→異変──→常体」

という連鎖の中の〈(一時的な) 異変〉を意味しているとも考えられます。

つまり、「禅智内供の鼻の治療」という出来事は、作中の誰の視点から見るか、物語の中のどの記述との繋がりを重視するかなどによって、「正常に戻すための治療」「不自然な変身」「一時的な異変」といった多義的な意味を持つ出来事として、物語の中に組み込まれているのです。

このように、一般に、書かれた物語の中で起こる出来事は、見方によって様々な意味を読みとることができるという多義性を持っています。物語のストーリーは、「容貌にコンプレックスを抱いていた禅智内供が、一種の美容整形を試みるが、結局心の安定を得られるかどうかは自分の気の持ちようなのだと悟る物語」というように、筋を簡略化した「あらすじ」という形でとらえられることがありますが、本当は物語のストーリーをこのような一義的な意味やメッセージに置き換えるのは不可能です。出来事と意味との関係は、そんなに単純なものではなく、もっと複雑で流動的なものなのです。

書かれた（文字によって創作された）物語においては、ストーリーは、複数のストーリー・ラインとして複雑に絡み合ったり並行したりしながら進行しています。また、物語の中で起こる出来事は、物語の世界の中に設けられた複数の視点から、様々な意味を持つ出来事として把握することができるように工夫されています。それらのことが原因で、物語の中での出来事や行為は、常に多義的な意味を与えられているという前提でとらえる必要があるのです。

そこでは、出来事の連鎖は、一本の流れの上に配列されている単線的なものではなく、複数の流れが並行して絡み合いながら進行していくような複雑なものになります。「禅智内供の鼻の治療」という出来事の記述は、読み方次第で、「欠損の治癒」「不自然な変身」「異常の発生」等々といった複数の意味を持った出来事として把握され、この出来事の持つ意味をどのように理解するかによって、物語全体のとらえ方も影響を受けることになるのです。

はじめて『鼻』という物語に接して、禅智内供というお坊さんに同情をおぼえた読者は、鼻の治療の場面にさしかかると、内供の切なる希望がかなえられることを願うでしょう。そしてそのあとの、鼻が短くなってからしばらくは内供が平穏な日々を過ごしたという記述に接すると、鼻の施術は成功した、喜ばしい試みだったというように、この出来事を理解しようとすることでしょう。

しかし、すでに『鼻』という物語を読んだことがあり、物語の結末を知っている読者は、せっかく短くなった鼻が再び元に戻ってしまう、という結末を思い浮かべ、自分のコンプレックスを解消するために無駄な努力をする内供の滑稽さをこの場面から読みとるかもしれません。

　このように、読者によって、また同じ読者でも、経験やそのときの心理状態によって、出来事と出来事との結びつけ方、意味の読みとり方はちがってきます。いってみれば、読むたびに、複数の糸が織り合わさって錯綜している中の、たぐり寄せる糸が異なってくるのです。それは読者の読み方が不安定でふらふらしているということではなく、すぐれた物語ははじめからそのような構造を持っているということなのです。

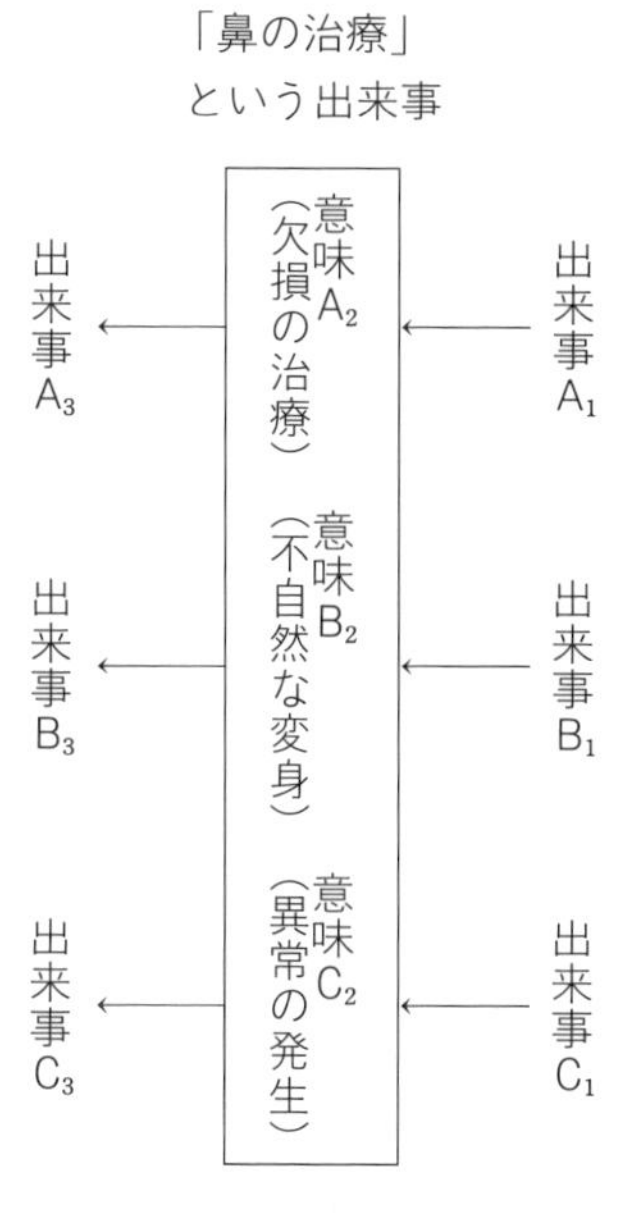

図1

　このように考えてくると、「この物語はこういうことを述べようとした物語だ」とか、「この物語の主題はこれこれだ」というような言い方で、物語の意味を一義的に確定しようとすることのむなしさがよくわかります。物語を読むということは、多面的な構造体としての物語のことばと向き合い、その多義性に身をゆだねることなのです。

物語という「出来事の推移の記述」から、読者が何らかの〈意味〉を読みとろうとすること、そのこと自体は別に間違ったことではありません。しかしその際には、読者である私たち自身が、自分がどのような点に注目し、どのような手続きでその〈意味〉を読みとったのかを、反省的に考え直してみる必要があります。それと同時に、自分が読みとった〈意味〉は、物語のストーリーから抽出できる複数の〈意味〉の一つにすぎないということも、頭の片隅に置いておくとよいでしょう。

第二講　からみあう枝々――複数のストーリー

芥川龍之介と谷崎潤一郎とは、親しい友人でしたが、小説家としてはまったく作風が異なっています。この二人は、芥川が死ぬ直前に、物語のストーリーをめぐって論争めいたやりとりをしています。芥川が座談会の席上、谷崎氏は奇抜な筋ということにとらわれすぎると批判したのに対して、谷崎が、「筋の面白さを除外するのは、小説と云ふ形式が持つ特権を棄ててしまふのである」と述べて、複雑な構成の妙にこそ小説の妙味があると反論したものです。芥川の論調は、その後やや後退して、「筋らしい筋のない小説の価値も認めてもらいたい」というような弱気な発言になっていきますが、この論争の経緯は、谷崎の『饒舌録』（一九二七年）及び芥川の『文芸的な余りに文芸的な』（同）によって知ることができるので、興味のある人は参照してみてください。

面白いと思うのは、芥川が志賀直哉の短編『焚火』『真鶴』などを例にあげ、どうやらこうした心境小説風のものにひかれる資質を示しているのに対して（芥川はこうした傾向の作品を「純粋な」とか「詩に近い」という言い方をしています）、谷崎が中里介山の『大菩薩峠』を称揚し、また一方ではスタンダールの『パルムの僧院』などをあげながら、「構成する力、いろいろ入り組んだ話の筋を幾何学的に組み立てる才能」が日本の小説には欠けている、と述べている点です。

確かに、西欧近代の長編小説に較べて、日本の近代小説は、私小説・心境小説が主流になっていったことでもわかるように、情緒的なもの、内面的なものへの傾斜が著しく、複雑な筋の面白さで読者を引っ張っていくような書き方は、必ずしも本流ではありませんでした。そうした文学史的動向に対して肯定的か否定的かという二人の立ち位置の違いが、この論争の背景にはあったのでしょう。

ストーリー（筋）は物語を支える大事な要素ですが、その中には単純な筋立ての物語もあるし、一回読んだだけではよく理解できないほど複雑な筋立ての物語もあります。ときには、登場人物や舞台がまるで別々の、複数のストーリーが共存しているような形式の物語も存在します。

その場合、言説そのものは前から後へと線条的（直線的）に流れて行かざるをえないので、それぞれ別個のストーリーが、章あるいは節を変えて交互に書かれるという形式をとることがあります（並行する出来事を頁の右側と左側―横書きだとこうなりますが、縦書きなら上段と下段という形式になるはずです―とに別々の文章として並べて印刷するという試みも行われたことがありますが、物語を書く方法として定着しませんでした）。

一千年前に書かれた『源氏物語』は、そんな昔に書かれた物語なのに、ストーリーの流れ方がとても複雑です。たとえば、一巻目の桐壺巻の終わりのほうに、「心の中には、ただ藤壺の御ありさまをたぐひなしと思ひきこえて」(源氏の君は)心の中ではひとえに藤壺の宮の御有様をたとえようのない方とお慕い申し上げて)云々というように、光源氏が父帝の后である藤壺に憧れていることが語られています。けれども、この光源氏と藤壺をめぐる物語は二巻目以降しばらくはまったく話題にならず、五巻目の若紫巻にいたって再び話題にされることになります。その間にはさまっているのは、空蟬や夕顔といった別の女性たちと光源氏との恋愛事件を語る、短編的な物語です。

つまり、光源氏の藤壺に対する宿命的な恋という長編的な筋立てに関わる物語と、独立性の強い短編的な恋物語とが、互いに交渉を持たず別個に進行しているわけです。その複雑な構造の持つ意味を理解せず、単純にひと続きのものとして読んでしまうと、「光源氏は藤壺に恋いこがれているはずなのに、それと並行して他の女性たちとの恋を楽しんでいる。けしからん猟色漢だ」という批判も出てくるのですが、そういう読み方は、この物語の持っている複雑な様式を理解していない、見当違いな読み方です。

それはともかくとして、『源氏物語』に見られるようなストーリーの進行の形式は、物語の巻あるいは帖と呼ばれるものが独立した冊子で、冊子ごとに独立した話として読まれる場合があったという事情とおそらく関連しています。その意味では、これは当時の書物の形態や享受の実態と連動する方法と見ることができます。

一方、近代の物語では、一冊の書物の中に相当長い分量の話を収めることができ、かつ書物としての形態は、内容と必ずしも関係を持っていないので（本文を一段組にするか二段組にするか、また一作品を一冊本で刊行するか上下二冊に分けるかは、内容とは無関係のことと考えられています）、複数のストーリーが交互に現われ、並行して進行するというような書き方は、完全にその「物語」にとって必要な方法として導入された形式にほかなりません。

村上春樹の『海辺のカフカ』（二〇〇二年）という物語は、「僕」という十五歳の少年が主人公である章と、「ナカタさん」と「ホシノ君」という二人の人物を中心に展開される章とが、交互に現われます（ほかに、「カラスと呼ばれる少年」が語り手である二人称の部分や、「アメリカ陸軍情報部報告書」の形をとった国民学校の教師の証言から成る章などもありますが、それらの部分はいまは除外して考えます）。

前者は、

僕らがバスに戻ったときには、もう乗客は全員座席について、バスは一刻も早く出発しようと待ちかまえている。運転手はきつい目をした若い男だ。バスの運転手というよりは水門の管理人みたいに見える。彼は非難がましい視線を、時間に遅れてきた僕と彼女に向ける。

というように、「僕」の一人称で書かれています。後者は、

12時前に星野青年が戻ってきたときには、もう雨はあがっていた。ナカタさんは傘をすぼめてベンチに座り、ずっと同じ姿勢で海を見ていた。

というように、「ナカタさんは」「ホシノ君は」という三人称で書かれています（「ホシノ君」は途中で漢字からカタカナに変わりますが、登場した頃は現実味を帯びた世界の住人だった彼が、やがて「ナカタさん」と同じように小説の中の記号的存在となることを表わしています）。

この二つのストーリーの流れは、どちらも作中人物が東京から四国の高松を目指していくという地理的な共通性と、出来事が進行する時間的同時性のほかは、ほとんど交わることがありません。「僕」と「ナカタさん」たちは、物語の最後まで出会うことがないし、「僕」の自分探しの旅と、「ナカタさん」たちの「入り口の石」を捜す旅とは、テーマとしても別個のもののように見えます。

しかし、一方のストーリーにおいて、「ナカタさん」が東京でジョニー・ウォーカーという謎の人物を殺すというエピソードが語られるのに対し、もう一方のストーリーでは、「僕」の父親が何者かに殺され、四国にいるはずの「僕」が気を失っているうちに、衣服に血が付いているというエピソードが語られて、両方のストーリーに内的な繋がりがあることが示唆されています。異なるストーリーが没交渉に並行して進行しているように見える場合でも、たいがいの場合、それぞれのストーリーは

何らかの繋がりを持っているように設定されているのです。そうでなければ、別々の物語が並んで置かれているだけで、一つの物語とは言えないことになるので、それは当然のことなのですが。

この『海辺のカフカ』という物語が刊行された時期、作者である村上春樹は『海辺のカフカ』をめぐる公式ホームページを開き、そこで読者からのメールを受け付け、それに返事を書くという作業を行なっています。そこでやりとりされた一二二〇通のメールと、それに対する村上氏の返事は、『少年カフカ』という本になって出版されています（二〇〇三年　新潮社刊）。

そこに掲載されているメールのやりとりを見ていると、読者がどのように物語を読んでいるかがうかがえて、なかなか興味深いものがあります。『海辺のカフカ』の構成に関しては、「章ごとに場面や登場人物が変わる形式は、慣れるまで読みにくかった」という感想が載っています。様々な形式の物語を読みこなすためには、読者の側にもある種の修練が必要なのですね。また、この並行する物語を順番に書いていったのですか？という質問に対しては、作者は「交互に、この順番で書いていった」と答えています。パラレルな物語を書く場合、村上さんのように順に交互に書いていくこともあるし、どちらか一方の流れを一気に書いてしまってから、もう一方に取りかかり、あとから組み合わせるという場合もありそうですね。作者がどちらの書き方をしているかは、読む側にとってはあまり関係がないことかもしれません。

印象的なのは、「この物語で何を言いたかったのか？」という趣旨の質問に対して、村上さんが、

「自分には自分の考えがあって書いているけれど、読者は読者の考えで読んでいい。自分（作者）の読みと読者の読みとは等価だ」と繰り返し述べていることです。

村上さんが言うように、創作された物語は作者の人格からは独立したもので、作者の意図したことが唯一の「正しい読み方」であるわけではないのです。文学作品について議論しているときに、「そんなこと、作者に聞かなければわからないよ」と発言するのはルール違反です。作者に「作品について説明してほしい」というのは、読者としての責任放棄にほかなりません（この問題は、このあとの講義の中で改めて考えます）。

物語の世界の中には様々な作中人物が生息し、また様々な出来事がそこで発生しています。従って、ここまでに例示したような、独立した同時進行の形をとっていなくても、物語のなかで複数の出来事の連鎖が並行的に進行している可能性は常にあります。それらの複数の出来事の連鎖（つまりストーリー）の中でも、物語全体を貫く主要な出来事の流れをメイン・ストーリー、それに従属しているものをサブ・ストーリーと呼ぶことがあります。

夏目漱石の『坊っちゃん』（一九〇六年）は、「おれ」という語り手の青年が四国の学校の教師となり、様々な体験をして、最後はまた東京へ帰ってくる、という物語です。もちろん、これはかなり乱暴なまとめ方ですが、物語全体を貫いて流れるメイン・ストーリーは、このように要約できるでしょう。このメイン・ストーリーは、主人公がもと居た場所から流離して最後に元の場所に帰ってくるという、〈流離譚〉と呼ばれる古くからある説話の話型に則っています。

一方、この物語の冒頭と末尾には、古くから「おれ」の家に奉公していて、「おれ」のことを「あなたは真つ直ぐでよいご気性だ」といってかわいがってくれる清《きよ》という下女が登場します。清は将来立派になった「おれ」と一緒に住むのが夢で、「おれ」が四国へ旅立った後もひたすらその帰りを待っています。

この物語は、「おれ」が四国の学校を辞職して東京の清の所へ帰ってくるところで終わります。

おれが東京へ着いて下宿へも行かず、革鞄《かばん》を提げた儘、清や帰つたよと飛び込んだら、あら坊つちやん、よくまあ、早く帰つて来て下さつたと涙をぽたぽたと落した。おれもあまり嬉しかつたから、もう田舎へは行かない、東京で清とうちを持つんだと云つた。／その後ある人の周旋で街《がい》鉄《てつ》の技手になつた。月給は二十五円で、屋賃《やちん》は六円だ。清は玄関付きの家でなくつても至極満足の様子であつたが気の毒な事に今年の二月肺炎に罹《かか》つて死んでしまつた。死ぬ前日おれを呼んで坊つちやん後生だから清が死んだら、坊つちやんの御寺へ埋めて下さい。御墓の中で坊つちやんの来るのを楽しみに待つて居りますと云つた。だから清の墓は小日向《こびなた》の養源寺にある。

（『坊つちやん』末尾）

ここからは、清と「おれ」とが実の親子のような深い愛情で結ばれていたことが読みとれます。しかし、この物語の大半を占める四国の場面では、清は登場しないので、四国で「おれ」が教師として体験する様々な出来事をこの物語のストーリーの中心と見れば、冒頭と末尾にだけ出てくる「おれ」と清との交流の物語は、物語全体の中では一つの挿話、サブ・ストーリーにあたることになります。しかし、見ようによっては乱暴者の跳ねっ返りにすぎない「おれ」が、一貫して自分の正しさを疑わずに行動しているのは、子供の時から清が「あなたは真っ直ぐでよいご気性だ」といってかわいがってくれたからだとも考えられます。清によって与えられたプラスの評価は、「おれ」にとっては自己のアイデンティティを支える枠組みになっているのです。

そう考えれば、この清をめぐる物語は、サブ・ストーリーというよりは、メイン・ストーリーにおける「おれ」の行動のバックグラウンドを暗示する大切な機能を持っているとも言えます。

四国の中学での「おれ」の月給は四十円だと冒頭に書かれていますが、物語の末尾の部分では、東京へ帰ってきた「おれ」は月給二十五円の街鉄の技手になったと述べられています。当時二十五円の月給で家賃六円の家に住むのはきつかったはずですが、清を引き取るとなるとそれだけの広さの家が必要だったのでしょう。

そう考えると、この物語は、「おれ」が高給取りの教師を辞めて、収入が減るのを覚悟で清と一緒に住むために東京へ帰ってくる物語だと要約することもできるはずで、そちらの流れに焦点を合わせてみれば、四国の学校での体験のほうがむしろ挿話的な部分にすぎないと言えなくもありません。注意して読むと、四国にいる間の「おれ」は、実に頻繁に清のことを思い出していて、清のことばかり考えているといってもいいほどです。一般に、教師となった「おれ」を主人公とする物語だと考えられている『坊っちゃん』を、「「おれ」と清との愛情の物語」として読むことは、明らかに可能なのです。

　複数の出来事の繋がり＝ストーリーの中の、どれが中心的なものでどれが挿話的なものなのかは、客観的に決められるものではなく、読者が全体をどういう物語として読もうとするかによって変わってくるのです。

第三講　コインの裏表——物語言説と物語内容

スイスの言語学者ソシュール（1857-1913）は、言語の考察を通して、記号と人間の思考様式に関わる「記号論」という新しい学問への道筋を開いた思想家でもあります。今回の講義は、まずソシュールという人が言語という記号をどのようにとらえたのかということからお話ししたいと思います。

ソシュールは言語記号を、「意味するもの」である記号表現《シニフィアン》と、「意味されるもの」である記号内容《シニフィエ》とが一体になったものと考えました。たとえば、日本語では「イヌ」ということばは「犬」という概念を表しています。

「イヌ」ということばが記号表現《シニフィアン》、その表わす概念が記号内容《シニフィエ》ということになります。「犬」の概念を表わすものが「イヌ」ということばですから、「犬」という概念なしには「イヌ」ということばは成立しません。しかし、よく考えてみると、「犬」に似た「オオカミ」「ジャッカル」などということばもあって、「イヌ」はそれらとよく似ているけれど、ちょっと違うものを指して使うことばです。しかし、「ゾウ」や「キリン」と較べると、「イヌ」「オオカミ」「ジャッカル」などのこ

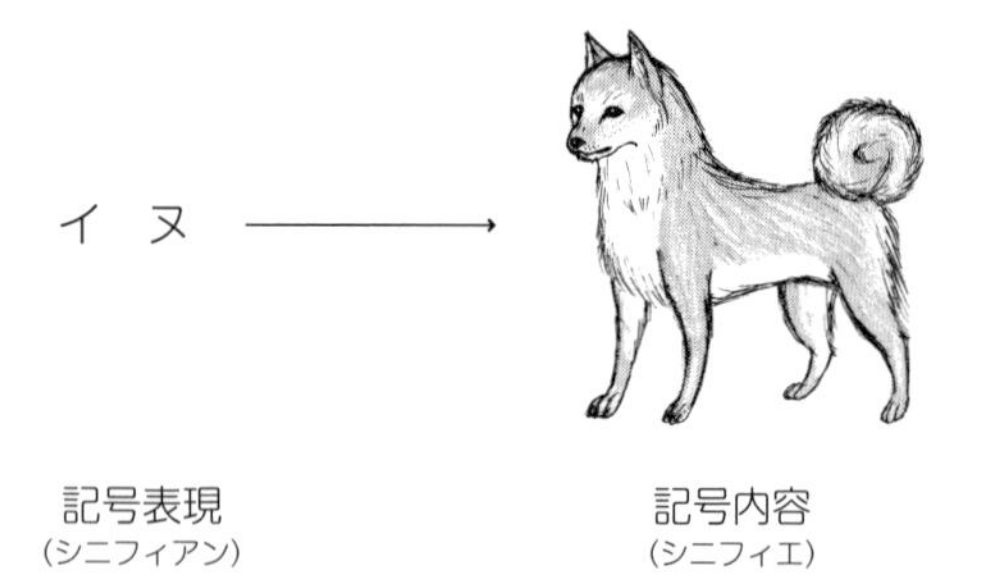

図 2

とばが指し示す概念の違いは小さいので、もしも「オオカミ」「ジャッカル」などの類似することばがなかったとしたら、「イヌ」ということばでそれらのすべてを指し示すこともおそらく可能です（ここで問題にしているのは、生物学上の違いではありません。あくまでもことばがになう「概念」の違いです）。

つまり、「イヌ」ということばは、同時に存在する「オオカミ」「ジャッカル」等の他のことばと棲み分けることで、「オオカミ」や「ジャッカル」とは違う「犬」という概念の輪郭を形作っています。

ということは、「犬」という概念が先にあって、それを表わすためのレッテルのようにことばが生まれるのではなくて、「イヌ」「オオカミ」「ジャッカル」等の別々のことばの棲み分けがあらかじめ存在していなければ、「犬」ということばが表わす概念の輪郭も明確にならないということになるのです。

そう考えると、ことば（記号表現）とそれが表わす概念（記号内容）とは、どちらが先でどちらが後ともいえない、コインの裏表のように相互依存的な関係にあることになる。ソシュールは、言語という記号をそのようにとらえました。対象を名付けることでことばが成立すると思いこんでいた人にとっては、このソシュールのような考え方はとても新鮮に感じられることでしょう。

物語も言語によって作られたものですから、物語全体を一つの大きな記号の体系と考えることができます。その場合、意味するもの、即ちことばは、「物語がどのように書かれているか」の「どのように」(How)にあたるものであり、意味されるもの、即ち概念は、「物語に何が書かれているか」の「何が」(What)にあたることになります。ここでは前者を〈物語言説〉(ディスコース)、後者を〈物語内容〉(ストーリー)と呼ぶことにします。

この場合にも、具体的な表現、即ち「どのように」がなければ、「何が」は読者の目に見えるテクストにならないし、物語の内容、即ち「何が」なしには物語が成立しないので、「何が」と「どのように」とは、コインの裏表のような相互依存的な関係になります。

私たちの目の前にある具体的な物語のことば、たとえば、

メロスは激怒した。

というようなことばは、物語が「どのように書かれているか」即ちディスコースであり、それを通して私たちはその向こう側にある「何が起こったか」即ちストーリーを読みとっています。しかし、

「メロスは激怒した」という文の意味している出来事イコール〈物語内容〉は、

メロスはひどく怒った。

と書き換えてもほとんど変わりはありません。この違いは、出来事（ストーリー）を「どのように」表現するか、即ち〈物語言説〉（ディスコース）のあり方の違いです。

吾輩は猫である。

の「吾輩は」を「私は」「僕は」「あたいは」「それがしは」等々と書き換えても、「何が」書かれているのかの「何が」は同じことです（その証拠に、英訳すればみな「I am a cat」になってしまいます）。しかし、その同じことが「どのように」表現されているか、即ち物語言説のあり方としては、みな違うものなのです。「メロスは激怒した」という漢語を用いた表現と、「メロスはひどく怒った」という和語を用いた表現とでは、同じことを言っているように見えても、読者が受ける印象はずいぶん違います。その印象の違いが文学作品の場合とても重要であることは、誰もが経験的に知っています。一体であるはずの物語言説と物語内容との間の結びつき方に、多様な選択の可能性があるというところに、文学の大事な問題が潜んでいるはずです。

〈物語言説〉と〈物語内容〉との間の結びつき方について、「激怒した」や「吾輩」という一つのことばの置き換えを例にして説明しましたが、次にこれを一定の長さを持った文章の問題として考えてみましょう。

太宰治の『走れメロス』(一九四〇年)の冒頭には、村の牧人メロスが間近に迫った妹の結婚式の準備のためにシラクスの市にやってきて、非道な王様の噂を聞き、王を殺そうと王城に入っていって捕縛される、という一連の出来事が描かれています。僕たち読者は、テクストに書かれている出来事を、このように時系列に沿った連続として理解しようとします。これが「何が書かれているのか」の「何が」にあたるもの、〈物語内容〉です。ところがこの物語は、実際にはこのように時系列に沿った形では書かれていません。

メロスは激怒した。必ず、かの邪智暴虐の王を除かなければならぬと決意した。メロスには政治がわからぬ。メロスは、村の牧人である。笛を吹き、羊と遊んで暮して来た。けれども邪悪に対しては、人一倍に敏感であつた。けふ未明メロスは村を出発し、野を越え山越え、十里はなれた此のシラクスの市にやつて来た。メロスには父も、母も無い。女房も無い。十六の、内気な妹と二人暮しだ。この妹は、村の或る律気な一牧人を、近々、花婿として迎える事になつてゐた。結婚式も間近かなのである。メロスは、それゆゑ、花嫁の衣装やら祝宴の御馳走やらを買ひに、はるばる市にやつて来たのだ。

（太宰治『走れメロス』冒頭）

この文章はいきなり「メロスは激怒した」という一文から始まりますが、なぜメロスが激怒したのか、初めて読む読者にはわかりません。それから「メロスには政治がわからぬ。メロスは村の牧人である」と改めてメロスという人物を紹介し、続けて時間を遡って、その日の未明、メロスが村を出発したところから語り始めます。それから、メロスがはるばる市までやってきたのは妹の結婚式の準備を調えるためだったという動機が語られます。引用した冒頭に続く部分では、メロスの竹馬の友セリヌンティウスがシラクスの市で石工をしていることに触れ、それからやっと話題は市にやってきたメロスの話に戻ります。メロスは歩いているうちに市の様子が陰気で寂しいのに気づき、人々にその理由を尋ねる、一人の老爺との会話によってその原因が王の悪政にあることがわかり、というところまできて、やっとのことで、

聞いて、メロスは激怒した。

と、冒頭の一文と同じ時点にまでたどり着いて、話がつながるのです。正義感の強いメロスは、人を信じることのできない王が疑心に駆られて次々に臣下を殺しているという話を聞いて、暴君を殺すためにのこのこ王城の中へ入っていくのですが、その本筋のストーリーに入る前に、メロスの人となり

の説明、今日はるばるシラクスの市へやって来た理由、セリヌンティウスとの友情、などの話題が割り込んできて、それからやっと冒頭の一文とまったく同じ文が再び登場することで、物語の冒頭で設定されたのと同じ場面に話が戻ってきましたよ、ということを読者に知らせる形式になっています。

つまり、ここではストーリー・レベルでの時系列に沿った出来事の順序と、ディスコース・レベルでの記述される出来事の順序との間にずれがあり、実際に出来事が起こった順序を変更して、「メロスの激怒—今朝村を出発したこと—それ以前から決まっていた妹の婚約」と時間を遡って記述し、それからやっと「メロスが王の悪評を聞く↓激怒する」というその時点でのメロスの体験に話がつながるように書かれているのです。

このようなストーリーとディスコースとの間にあるズレという現象は、書かれた物語の中ではしばしば起こることで、読者は目の前にあるディスコースを頭の中でデータ化し、時系列に沿った出来事の順序を頭の中で復元しながら出来事の因果関係を理解しようとします。

昔話のように声に出して語られる話だと、

1　昔々、あるところに、おじいさんとおばあさんがおりました。

2　おじいさんは山へ柴刈りに、おばあさんは川へ洗濯に行きました。

3　すると大きな桃がどんぶらこと流れてきました。……

というように、出来事は起こった順に語られます。声に出して語られる昔話などでは、聞き手は耳で聞くだけで話の内容を理解しなければならないので、時間が逆転したり遡行したりというような複雑な語り方がされることはまずありません。口承伝承では時間が線条的（直線的）に流れ、時系列に即して出来事が語られるので、ストーリーの流れとディスコースの流れとが一致しているのです。ストーリーとディスコースとの間のずれは、書かれた物語に特有の現象で、それだけに、そのずれの受けとり方が物語を読むときの感銘と深く関わっています。

本格ミステリーと呼ばれるジャンルの物語を例にとって考えてみましょう。

以下に記すのは、江戸川乱歩の短編ミステリー『D坂の殺人事件』（一九二五年）のあらすじです。

D坂の中ほどにある喫茶店で「冷やし珈琲」（このアンティークな語感がいいですね）を飲んでいた「私」と友人の明智小五郎は、向かい側の古本屋の様子がおかしいのに気づき、中へ踏み込んでみた。すると奥の間で、古本屋の女房が絞殺されていた。警察が来て調べると、人がいたため裏口からは逃走できないことがわかった。表の店側は、「私」と明智とがずっと注視していたので、誰も出入りできなかったことはわかっている。犯人はいったいどうやって逃走したのか？また犯人は誰なのか？

この短編は、西欧の建築と違って開放的なため密室が作りにくいといわれている日本家屋を舞台に

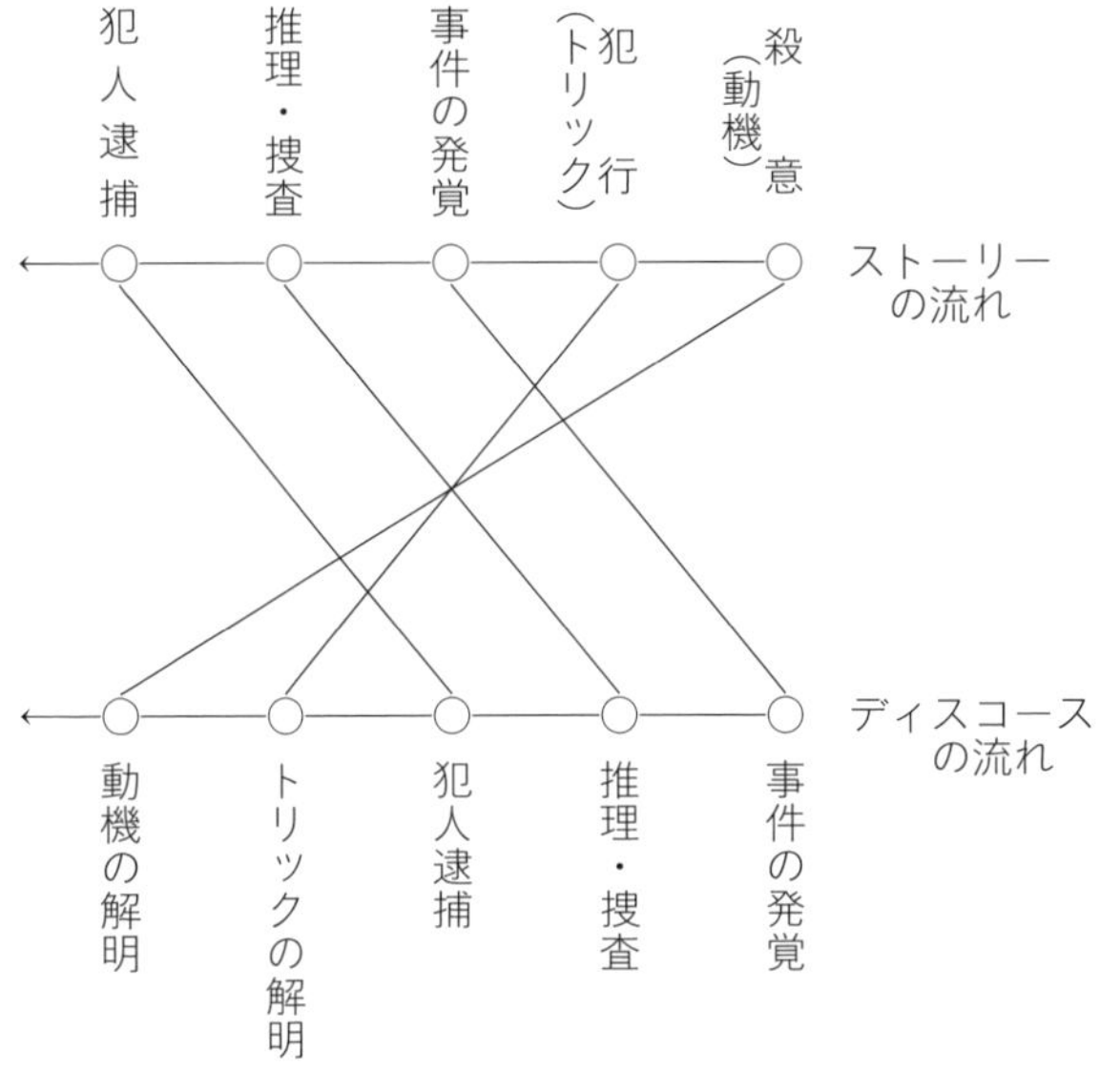

〔図３〕

して密室ものに挑んだ初期の作例として、また名探偵明智小五郎がはじめて登場した作品として有名です。ネタバレになるので詳しくは書けませんが、物語後半の解決編では、明智によって、殺人の動機も、密室のトリックも（密室ものとしてはやや問題がありますが）、犯人も明らかにされ、読者が推理するためのヒントもあらかじめ与えられていたことが明らかにされます。

　このように、本格ミステリーと呼ばれるジャンルの場合には、はじめに事件が発覚し、様々な推理や捜査が行われた末に、結末部分で犯人の名前と犯行のトリックが明らかにされる、というような形式が普通とられています。

実際に出来事が起こった順序は、「殺意の芽生え↓犯行↓事件の発見↓推理・捜査↓犯人逮捕」となるはずなのが、ディスコースの上では、「犯行の模様」や「動機の説明」が最後に回されるのです。

こうしてみると、ストーリーとディスコースとの間にあるずれが、まさに本格ミステリーというジャンルを成り立たせているということがわかります。

ミステリーと呼ばれるジャンルの中には、加害者の犯行から語り始めるタイプのものもあります。精緻に計画された完全犯罪が、わずかな誤算から崩壊してゆくスリルを味わうのが主眼で、このタイプのミステリーだと、ディスコースはほぼ出来事が起こった順に進行してゆくことになります（以前、テレビの人気シリーズだった「コロンボ警部」が、この形式の展開でした）。

犯行に用いられたトリックがじわじわと解明されていくスリルにも捨てがたいものがありますが、本格ミステリーの場合、真犯人が指摘される瞬間の意外性が生命線なので、真犯人の指摘は物語の最後に位置づけられることになります。また、真犯人が指摘された瞬間には、犯行の動機やトリックは明かされていない方が意外性の効果が大きいので、動機やトリックの解明はその後に回されることになるでしょう（「あんなに被害者と親しかったはずなのに、なぜ殺したのか？」とか、「犯行時刻に別の場所にいたはずなのに、なぜ殺せたのか？」という疑問に対する説明は、真犯人の指摘の後で行われる方が効果的です）。

このように考えてくると、読者はディスコースを読みながら頭の中でストーリーを復元すると説明しただけでは十分ではないことがわかります。物語のディスコースは、時系列に基づく出来事の因果関係とは別個の必然性の下に組み立てられていて、それ自体が意味のある形式なのです。ストーリーとディスコースとの間に仕掛けられたズレを意識し、両者の流れの間を行ったり来たりしながら出来事をたどるという営みの中にこそ、物語を読む醍醐味があるわけです。

第四講　この絵は何に見えますか？——決められないストーリー

谷崎潤一郎に、『春琴抄《しゅんきんしょう》』（一九三三年）という小説があります。盲目ながら美貌の琴の師匠春琴と、その弟子にして愛人であった佐助との奇怪な愛を描いた物語ですが、谷崎はこれを、偶然手に入れた『鵙屋《もずや》春琴伝《しゅんきんでん》』という春琴の伝記や、晩年の二人に親しく仕えた女性からの聞き書き等を史料にして再構成した、という体裁で書いています。もちろん春琴という女性は架空の人物で、『鵙屋春琴伝』というのも実在しない書物なのですが、そのような書き方をすることで、谷崎はかつて実際にあった出来事が書かれているという印象を読者に与えるように工夫をしています。

この物語の中で、ある夜、賊が侵入して春琴の顔に熱湯を浴びせて逃走したという事件が語られます。その傷害事件によって、春琴の美貌は損なわれ、以前とは変わってしまった春琴の顔を二度と見ないですむように、佐助は自らの眼を突いて視力を失います。この佐助の自傷の場面が、いわばこの不思議な愛の物語のクライマックスにあたる場面なのですが、そのきっかけとなった事件、即ち春琴が襲われた晩に何が起こったのかが、今ひとつはっきりしません。

その夜何が起こったのかが曖昧なのは、事件の目撃者がいないためです。本文の中で引用されている『鵙屋春琴伝』には、以下のように記述されています。

佐助は春琴の苦吟する声に驚き眼覚めて次の間より馳せ付け、急ぎ灯火を点じて見れば、何者か雨戸を抉じ開け春琴が伏戸に忍入りしに、早くも佐助が起き出でたるけはひを察し、一物をも得ずして逃げ失せぬと覚しく、既に四辺に人影もなかりき。此の時賊は周章の余り、有り合はせたる鉄瓶を春琴の頭上に投げ付けて去りしかば、雲を欺く豊頬に熱湯の飛沫飛び散りて口惜しくも一点火傷の痕を留めぬ。

ここでは、外部から侵入した賊が春琴に危害を加えたように説明されています。この物語の語り手も、一応その記述に従って、春琴に言い寄って手ひどく拒まれた商家の倅《せがれ》の意趣返しとか、嗜虐的な春琴の指導により怪我をさせられた娘の父親の復讐とか、春琴の名声をねたんだ同業の検校や師匠らの犯行とか、様々な容疑者の可能性を指摘しています（気が強い春琴には敵が多かったようです）。

一方、晩年の佐助に仕えた側近者から、語り手が聞き取った聞き書きによると、佐助の回想に基づくその夜の出来事は、次のような次第でした。

佐助は春琴の死後十余年を経た後に彼が失明した時のいきさつを側近者に語つたことがありそれ

に依つて詳細な当時の事情が漸く判明するに至つた。即ち春琴が凶漢に襲はれた夜佐助はいつものやうに春琴の閨の次の間に眠つてゐたが物音を聞いて目を覚ますと有明行燈の灯が消えてゐ真つ暗な中に呻きごゑがする佐助は驚いて跳び起き先づ灯をともしてその行燈を提げたまま屏風の向うに敷いてある春琴の寝床の方へ行つたそしてぼんやりした行燈の灯影が屏風の金地に反射する覚束ない明りの中で部屋の様子を見廻したけれ共何も取り散らした形跡はなかつた唯春琴の枕元に鉄瓶が捨ててあり、春琴も褥中にあつて静かに仰臥してゐたが何故か吽々と呻つてゐる佐助は最初春琴が夢に魘されてゐるのだと思ひお師匠様どうなされましたお師匠様と枕元へ寄つて揺り起さうとした時我知らずあと叫んで両眼を蔽うた佐助々々わては浅ましい姿にされたぞわての顔を見んとおいてと春琴もまた苦しい息の下から云ひ身悶えしつつ夢中で両手を動かし顔を隠さうとする様子に御安心なされませお白《かほ》は見は致しませせぬ此の通り眼をつぶつておりますと行燈の灯を遠のけるとそれを聞いて気が弛んだものかそのまま人事不省になつた。

この物語の地の文では、句読点が極力省かれていて、ことばが切れずに連綿とつながっています。そのことが、句読点をきちんと使って書かれた文章にはない、独特の表現効果を生みだしているのですが、そのことはまた別の機会に検討することにして、今は書かれている出来事の内容のことだけを考えることにしましょう。

佐助の回想に基づいたこの部分の記述には、外部からの侵入者の存在を思わせるものは何もなく、「何も取り散らした形跡はなかつた」とか「春琴も褥中にあつて静かに仰臥してゐた」とか、春琴が賊に襲われたという解釈をむしろ否定するような証言がなされています。

予め台所に忍び込んで火を起し湯を沸かした後、その鉄瓶を提げて伏戸に闖入し鉄瓶の口を春琴の頭の上に傾けて真正面《まとも》に熱湯を注ぎかけた

というような手順で犯行が行われたと推測されていますが、その間、視力がないぶん聴覚などその他の感覚が鋭敏になっていたはずの春琴自身も気づかなかったし、次の間に眠っていて常に春琴からの呼びかけに応えられるように習慣づけられていた佐助もまったく気づかなかったというのは、奇妙なことのようにも思われます。

晩年の佐助が語り遺した（と推測される）その夜の出来事の顚末には、どことなく不自然な点が感じられなくもないのです。

この問題については、外部の賊が春琴を襲ったのではなく、実は佐助による犯行であったことが暗示されているという説が唱えられています。この物語の作者である谷崎潤一郎には、美しい女性の前に跪《ひざまず》き、言いなりになって生きたいという、マゾヒズムの願望があったとされています。そうした作者の性癖を佐助に投影して、佐助自身には前々から、真っ暗な闇の中の世界に春琴と二人きりで住み

たいという失明願望があり、事件はいわばその失明のきっかけを作るために自ら手を下したものだったというのです。

しかし、それが佐助なりの愛の形であったとしても、神のようにあがめている春琴の顔に熱湯を浴びせるというようなことを、はたして佐助がするでしょうか。

この佐助犯人説を批判して、春琴は自ら火傷を負ったのだと考える説もあります。春琴はいつかは衰える自らの美貌を佐助の内面に永遠化し、ともに暗闇の世界に生きることを望んだ、そのため自ら顔に火傷を負い、醜くなった顔を見られたくないと佐助に訴えることで、佐助が自分の手で失明するようにし向けた、という解釈です。

A　外部の賊による犯行説

B　佐助犯人説

C　春琴自傷説

この三つの仮説は、それぞれ本文の記述に根拠を持っていて、勝手気ままな憶測というわけではありません。一方、事実認定のレベルでは、どれもが正しいという解釈は成り立ちません。つまり、本文＝ディスコースをどう読むか、本文のどの部分を重視して読むかによって、「その夜何が起こったのか」という出来事＝ストーリーの理解に決定的な違いが生じるのです。

作者自身はＡＢＣのどれかが正解のつもりで書いていて、読者がそれを正しく読みとりそこなっているということならば、正解以外の説は本文の読みが不足しているというだけのことです。しかし、作者がわざと曖昧に書いていて、読者が様々な疑惑の中に取り残されるように計算している可能性もあります。長い時間の経過と、間接的な（複数の）資料の彼方に、出来事はぼんやりと霞んだ形でしか像を結ばない、そのような語り方が読者に文学的感銘を与えるということを、作者はここで意図的に計算して書いているようにも思われます。

物語のストーリー＝「何が書かれているのか」は、読者にとっては、ディスコース＝「どのように書かれているのか」を通して復元するしかありません。その意味では、ストーリーはディスコースに従属しているのです。

報告文や案内文ならば、「何を書くか」は書き手の頭の中であらかじめ決まっていて、「どう書くか」という伝え方の問題だけが、表現の面での工夫のしどころになるでしょう。しかし、物語の場合、「何を書くか」は作者の頭の中では明確に決まっているはずだと決めつけるのは、どうやら誤りのようです。というか、物語の書き手にとっては、「何を書くか」ということと「どう書くか」ということとは、切り離して考えることのできない一つの問題らしいのです。

ストーリーがディスコースに従属する、ある意味ではディスコースがもっとも本質的な構成要素だ、ということとは、文学の言語の大きな特徴の一つだといえるでしょう。

その極端な例が、芥川龍之介の『藪の中』（一九二二年）という短編です。この物語は、七人の人物の一人称の証言から成り立っています。最初の四人、木樵りと旅法師と放免と媼とは、検非違使《けびいし》（犯罪者の検挙や取り調べにあたる役人）の取り調べに対して答えた証人で、彼らの証言を通して、旅の侍夫婦が盗賊に襲われ、夫は死体となって残され、女は行方不明になった、という事件の輪郭が説明されます。残りの三者、即ち盗賊多襄丸と、女と、女の夫（の死霊）のことばが、事件の当事者の証言ということになりますが、この当事者三人の証言が真っ向から矛盾対立しているのです。

盗賊に襲われたあと、夫は木に縛り付けられ、その目の前で妻が手込めにされたというところまでは、三者の証言は一致しています。そのあとが問題で、まず盗賊多襄丸は検非違使の前でこう証言しています。

しかし男を殺すにしても、卑怯な殺し方はしたくありません。わたしは男の縄を解いた上、太刀打ちをしろと云ひました（杉の根がたに落ちてゐたのは、その時捨て忘れた縄なのです）。男は血相を変へた儘、太い太刀を引き抜きました。と思ふと口も利かずに、憤然とわたしへ飛びかかりました。――その太刀打ちがどうなつたかは、申し上げるまでもありますまい。わたしの太刀は二十三合目に、相手の胸を貫きました。

次に、現場を逃れて清水寺に現われた女は、懺悔話の中で、夫の死のいきさつを次のように語ります。

「ではお命を頂かせてください。わたしもすぐにお供します。」

夫はこの言葉を聞いた時、やつと唇を動かしました。勿論口には笹の落葉が、一ぱいにつまつてゐますから、声は少しも聞えません。が、わたしはそれを見ると、忽ちその言葉を覚りました。夫はわたしを蔑んだ儘、『殺せ』と一言云つたのです。わたしは殆《ほとん》ど、夢うつつの内に、夫の縹《はなだ》の水干の胸に、づぶりと小刀を刺し通しました。

さらに、巫女の口を借りて現われた夫の死霊は、こう語っています。

おれはやつと杉の根から、疲れ果てた体を起こした。おれの前には妻が落した、小刀が一つ光つてゐる。おれはそれを手にとると、一突きにおれの胸へ刺した。

つまり、盗賊多襄丸は自分が男と立ち合って殺したといい、女は多襄丸が去った後自分が夫を殺したといい、男は盗賊も妻もいなくなった後で自害したのだと述べているのです。この三者の証言は、事実認定のレベルで互いに完全に矛盾するので、誰かの言っていることが真実であり、あとの二人の証言は偽りであるはずです。しかし、多襄丸はとらえられて死罪が確定したあとで別件の殺人として告白しているわけだし、女は清水寺の観音の前で身の懺悔をしているわけだし、男は死んでしまってから巫女の口寄せに出てきて死霊として語るわけですから、この三人のことばは、それぞれ嘘をつくような状況にない立場での発言なのです。

しかしそれでも、この三者の証言は並び立たない。そうした矛盾した状況説明を併記しただけで、物語は終わってしまいます。三者が出会った時に実際に何が起こったのかを、読者は与えられたディスコースから復元することができません。ストーリーそのものが、「?」のままで宙づりになってしまうのです。

このように、物語のストーリーとディスコースとの関係は複雑で、それだけに興味深いものだとも言えます。ここにあげたような物語を念頭において考えると、そこに「何が」書かれているのかを読みとることが、物語を読む時のもっとも大切な目的だというわけではなさそうだ、ということがだんだんわかってきます。ディスコースを通して、可能な限り頭の中でストーリーを復元しようとすることとは必要なことで、そうしなければどういう物語であるかを理解することはできませんが、ストーリーが理解できなければ物語を味わうことができないというわけではないし、逆にいえば、ストーリーが理解できたからといってその物語を理解したことにはならないのです。

ストーリーとディスコースとがどのような関係にあるのかを注意深く観察し、両者の間にある「ずれ」や「欠落」といった不思議な現象が物語全体の印象とどのように結びついているのかを考えながら読むことを心がけてみましょう。きっといろいろと新しい発見があるはずです。

第五講　様々な色の糸――〈叙述〉と〈描写〉

今回は、いきなり古い時代の物語を取り上げてみます。『伊勢物語』は平安時代に成立した歌物語で、和歌にまつわる百いくつかの短い話によって構成されています。その中の一つに、次のようなとりわけ短い章段があります。

昔、男ありけり。懸想《けさう》じける女のもとに、ひじき藻《も》といふものをやるとて、

思ひあらば葎《むぐら》の宿に寝もしなむひじきものには袖《そで》をしつつも

二条の后《きさき》の、まだ帝《みかど》にもつかうまつりたまはで、ただ人にておはしましける時のことなり。

（三段）

[昔、一人の男がおったそうな。思いを寄せた女のもとに、ひじき藻というものを贈るということで、

私を思ってくださるのならば、荒れ果てた家に共寝をするのでも満足です。引き敷くもの

に袖を用いたりしてもね。

二条の后が、まだ入内もしないで、並みの身分でいらっしゃった時のことである」

この章段はこれで全文です。ある男が、思いを寄せていた女のもとへ海藻を贈り物として贈った際に、「ひじき藻」（海藻の「ひじき」）を詠み込んだ歌をつけてやったという、ただそれだけの話ですが、〈出来事〉が語られているので、極端に短いけれど、一応物語の体裁は備えています。

歌までは、男が女にプレゼントを贈ったという〈出来事〉が語られていますが、末尾の、「二条の后の、まだ帝にもつかうまつりたまはで、ただ人にておはしましける時のことなり」というのは何のことでしょうか。これは、「相手の女というのは、のちに二条の后と呼ばれた人のことで、これはお后として入内する前にあった出来事なのですよ」と、語り手が補足的に説明していることばです。この一文は、〈出来事〉を記述したそれまでの部分とは性格が違います。

物語は〈出来事〉を記述したものですが、語り手はただ〈出来事〉を語るだけでなく、それに対する主観的なコメントを差し挟む場合があります。

芥川龍之介の『鼻』のような近代の物語の中にも、こうした語り手の説明にあたる記述が出てきます。禅智内供の鼻をめぐる一連の事件を語りつつ、語り手が、内供の自尊心は、妻帯と云ふやうな結果的な事実に左右される為には、余りにデリケイトに出来てゐたのである。

というようなコメントを付け加える部分がそうです。このような語り手のことばは、「何が起こったか」という〈出来事〉を記述することだけが目的なら、別になくてもいいのですが、あってもかまいません。語り手には、自分が語っている出来事（以下、煩雑なのでカッコをはずします）についてコメントを加える権利があります。出来事が語られているのだけれども、それを語っている語り手の心象が出来事を語ることばを取り巻いていて、それが明示的に本文の上に表われない場合もあれば、表われる場合もある、その違いだと考えてもいいでしょう。

ともあれ、物語の言説には、語り手が出来事そのものを語っている部分（ここでは〈叙事〉と呼ぶことにします）と、語り手が外側から主観的なコメントを加えている部分（ここでは〈説明〉と呼ぶことにします）という性格の違う部分があるということになります。

さて、語り手が出来事そのものを語っている部分に注目すると、その中にも、やや性格の異なる言説が入り混じっていることがわかります。次の文章を見てください。

1山々の奥には山人住めり。2栃内《とちない》村和野《わの》の佐々木嘉兵衛と云ふ人は今も七十余にて生存せり。3此翁若かりし頃猟をして山奥に入りしに、遙かなる岩の上に美しき女一人ありて、長き黒髪を梳《くしけず》りて居たり。4顔の色極めて白し。5不敵の男なれば直に銃を差し向けて打ち放せしに弾に応じて倒れたり。6其処《そこ》に馳け付けて見れば、身のたけ高き女にて、解きたる黒髪は又そのたけよりも長かりき。7後の験《しるし》にせばやと思ひて其髪をいささか切り取り、之を綰《わが》ねて懐《ふところ》に入れ、やがて家路に向ひしに、道の程にて耐《た》え難く睡眠を催しければ、暫《しばら》く物陰に立寄りてまどろみたり。8其間夢《ゆめ》と現《うつつ》との境のやうなる時に、是も丈の高き男一人近よりて懐中に手を差し入れ、かの綰ねたる黒髪を取り返し立去ると見れば忽《たちま》ち睡は覚めたり。9山男なるべしと云へり。

（柳田国男『遠野物語』三段）

岩手県の遠野地方には、豊富な伝承が語り伝えられて残っています。遠野出身の青年、佐々木喜善が記憶していて口述したそれらの伝承を、柳田国男がまとめ、一冊として出版したのが『遠野物語』（一九一〇年）です。ここにあげたのは、その中にある一編で、佐々木嘉兵衛という人が山奥で不思議な女に出会い、持っていた銃で打ち倒した、証拠にするためにその髪を切り取って持ち帰る途中、眠くてたまらなくなってまどろんでいる間に、不思議な男が近づいてきて、懐中の髪を取り返して立ち去った、という怪異譚です。

いろいろと興味深い問題を含んだ話ですが、言説の分析という当面の課題に話題を絞りましょう。便宜のために、センテンスごとに番号を振っておいたので、それに従って説明すると、まず1と2

は語り手が出来事の背景を説明する〈説明〉にあたる部分で、話の中心である出来事そのものは、3の「此翁若かりし頃」というところから始まります。3「山奥に入って美しい女に出会った」→5「女を銃で撃つと、女は倒れた」→6「駆け寄ってみると、背の高い、髪の長い女だった」というように、出来事はほぼ直線的に進行していき、ここに示した個々の出来事は、ストーリーを語る上では省略することができません。

しかし、4「顔の色極めて白し」という一文は、ただ女が色白だったということを述べているだけなので、省略してもストーリーを語る上で支障がありません。

出来事の連鎖がストーリーを構成しているので、連続して起こる出来事同士は緊密な繋がりを持っていますが、出来事そのものではない作中人物の描写や、場面の形容にあたる部分は、ストーリーとの関わり方が異なるのです。

ここでは、ストーリーを構成する上で省略できない、作中人物の言動に主として関わる記述の部分を〈叙述〉と呼び、ストーリーの上からはなくてもかまわない、作中人物や物語世界の状況・様態に関わる記述の部分を〈描写〉と呼ぶことにします。先の文章で言うと、3→5→6は〈叙述〉の流れ、間に挟まっている4文が〈描写〉です。物語の〈叙事〉の部分の言説を、〈叙述〉と〈描写〉という二種類のやや性格の異なることばから成り立っていると考えるわけです。

〈叙述〉と〈描写〉には、ストーリーに直接関わっているかいないかという点以外にも、いくつか

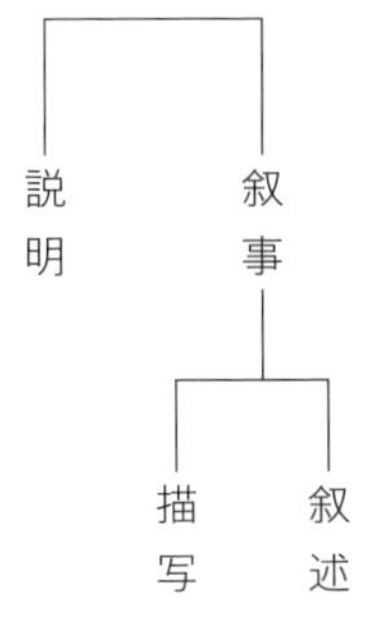

〔図4〕

の点で違いが見られます。先の『遠野物語』の本文で言うと、佐々木嘉兵衛という人が山奥で不思議な女と出会い、発砲すると女は倒れた、というように出来事を語っている部分、即ち〈叙述〉にあたる部分は、起こった出来事を述べている部分であり、その限りで客観的かつ中立的な性格を持っていると考えられます。それに対して、〈描写〉にあたる4文はどうかというと、女を見る嘉兵衛さんの視線と一体化しているせいもあって、山中で生活する女にしては信じられないほど色が白かったということが強調されており、嘉兵衛さんの驚愕、もっといえば、「いま目にしていることが信じられない」という恐怖の感情を内包する表現となっています。つまり、〈叙述〉部分と較べると、相対的に主観的・情意的な性格が強い表現なのです。

　しかし、そう考えると、直前の3文の末尾の「美しき女一人ありて、長き黒髪を梳りて居たり」というあたりにも、そういう主観的な表現としての性格は見て取れるような気がしてきます。「美しき女」「長き黒髪」というあたりの描写の仕方に、女気のない山中で生活する嘉兵衛さんの、いわば性的な眼差しがにじみ出ているように感じられるのです。

　ちょっとわかりにくいかもしれないので、もう一つ別の例をあげてみましょう。次の文章は、宮澤賢治の『よだかの星』（一九二一年頃）の一節です。今度はわかりやすいように、文に番号を振るだけでなく、一文ごとに改行して示してみます。

1　よだかはもうすっかり力を落してしまって、はねを閉ぢて、地に落ちて行きました。

2　そしてもう一尺で地面にその弱い足がつくといふとき、よだかは俄かにのろしのやうにそらへとびあがりました。

3　そらのなかほどへ来て、よだかはまるで鷲が熊を襲ふときするやうに、ぶるっとからだをゆすって毛をさかだてました。

4　それからキシキシキシキシキシッと高く高く叫びました。

5　その声はまるで鷹でした。

6　野原や林にねむってゐたほかのとりは、みんな目をさまして、ぶるぶるふるへながら、いぶかしさうにほしぞらを見あげました。

（宮澤賢治『よだかの星』）

姿が醜いくせに「よだか」（夜・鷹）という立派な名前を持っているために、本物の鷹に「生意気だ、改名しろ」と脅されたよだかが、空高く飛び上がって死んでしまうというクライマックスの場面です。緊張感の強い、結末へ向けて盛り上がっていく場面なので、一文は短く、「それからどうした」という出来事をたたみ重ねていくような〈叙述〉中心の文章になっていますが、5文だけは出来事ではなく、よだかの鳴き声がまるで鷹のようだったという形容なので、先の分類でいうと〈描写〉にあたります。ところが、この5文は、よだかが高く叫んだという出来事を述べた直前の4文に対する補足説明的な性格を持っているので、4文の中に組み込んでしまって、

それからまるで鷹のやうな声で、キシキシキシキシキシッと高く高く叫びました。

のように表現することもできます。

ということは、〈叙述〉と〈描写〉の組み合わせは、必ずしも文（センテンス）を単位として起こるわけではなく、一つの文の中にも両方の要素が融合していることがありうる、一種の構成成分のようなものなのだと考えた方がよいということになります。「まるで鷹のような声で」ということばは、「よだかが叫んだ」という出来事を修飾形容することばです。このように、「誰が―どうした」という出来事を語る主文脈に対する修飾的部分、形容的な部分にあたることばは、しばしば〈描写〉的な性格を帯びてしまうのです。だから、出来事のみを述べているように見えても、そこに含まれている形容辞や修飾語には、多かれ少なかれ、語り手の性格や主観が投影されていると考えられます。

次の文を、形容辞や修飾語の部分に注意して読んでみてください。

二人《ふたり》の若《わか》い紳士《しんし》が、すっかりイギリスの兵隊《へいたい》のかたちをして、ぴかぴかする鉄砲《てっぽう》をかついで、白《しろ》熊《くま》のやうな犬を二疋《ひき》つれて、だいぶ山奥《やまおく》の、木の葉《きのは》のかさかさしたとこを、こんなことを云《い》ひな

がら、あるいてをりました。

（宮澤賢治『注文の多い料理店』冒頭）

ここでは、二人の若い紳士の出で立ちは「すつかりイギリスの兵隊のかたちをして」と形容され、鉄砲は「ぴかぴかする」と形容され、犬は「白熊のやうな」と形容されています。形容が豊富なためイメージが鮮明に伝わってくる文ですが、ことばの選び方に注意をする必要があります。「兵隊のような服装」といわずに「イギリスの兵隊のかたち」といい、「よく光る鉄砲」といわずに「ぴかぴかする鉄砲」といい、「白い大きな犬」といわずに「白熊のやうな犬」という、こういうことばの選択の仕方に、この物語を語っている語り手の性格がにじみ出ています。この文章を、

二人の若い紳士が、兵隊のやうな身なりをして、よく光る鉄砲をかついで、白い大きな犬を二匹つれて、木の葉のつもつた山奥を、こんなことを云ひながらあるいてをりました。

というように書き直しても、言っていることは同じですが、読んだ時の印象はずいぶん違いますね。「ぴかぴかする鉄砲」とか「白熊のやうな犬」といった表現を選んで語っているところに、この物語の語り手の素朴でやや幼児的とも言える個性が表われているわけで、そのような語り口の個性は、「あらすじ」からは決して伝わってきません。

このように、〈描写〉の部分には、語り手の主体性や性格が反映されています。また逆に、〈描写〉

のような部分の記述を通して、語り手の主体性や性格が生成してくるという見方もできます（語り手については、次回の講義で改めて取り上げます）。

『よだかの星』に話を戻すと、ここでもう一つ確認しておきたいのは、さっき問題にした「その声はまるで鷹でした」という一文が言説の中で持っている意味です。よだかは醜い姿に似合わない立派な名前を持っているという理由で、改名しないと殺すぞと鷹に脅迫されます。しかし、よだかが思いきり高く叫ぶ時、その声は鷹そっくりの、他の鳥たちを畏怖させるような鋭い鳴き声となるのであり、それが「よだか」という名前の由来であることが、この一文からわかります。つまり、よだかの行為を追って進行する〈叙述〉の流れを一瞬切断して5文がおかれることにより、よだかに対する迫害がいわれのないものであったことが暗示され、死に向かって突き進んでいくよだかの物語の持つ悲劇性を際立たせる働きを持っているのです。これは、この物語の持つ意味としてとても重要なことです。

物語のストーリーを要約した「あらすじ」のような形で取り出せるのは、物語の〈叙述〉の部分の内容だけです。けれども、何が書かれているのかという出来事＝〈叙述〉だけが、物語の〈意味〉を生み出しているのではありません。物語の言説の中で、〈叙述〉と〈描写〉とが絡み合い、相互に媒介しあう中で、物語の〈意味〉は生成してきます。

さらには、語り手がどのような性格を持っていて、どのような立場から出来事を語っているかによっても、出来事の見え方は大きく変わってきます。そうした言説の仕組み全体を通して、物語は読者に何事かを語りかけてくるのです。

物語の内容を要約的に理解するのではなく、そこに書かれていることばそのままを総体として受け止め、そこで何が表現されているのかをていねいに読みとろうとする作業を通してしか、物語の〈意味〉というようなものは取り出せないのだということを、しっかりと心にとめておきたいと思います。

II

語りの方法

ジュゼッペ・アルチンボルド『司書』
(Sweden, Skoklosters Slott, Bålsla)

第六講　誰が語っているのか——語り手

教育実習に行って帰ってきた学生が、こんな報告をしてくれました。「古典の時間に『源氏物語』を扱っていて、地の文の主体を〈語り手〉と言ったら、授業のあとで、あちらの学校の先生に、「〈作者〉といいましょうね」と指導されました」というのです。私がいつも授業の際、地の文の主体を〈語り手〉と呼んでいるので、学生がそのまま〈語り手〉ということばを使ったところ、高校の先生から〈作者〉ということばを使って教えるようにと注意を受けたのですね。

この報告を聞いたとき、「困ったなあ」と頭を抱えてしまいました。だって、〈作者〉と〈語り手〉とは意味が違うのであって、『源氏物語』のようなテクストの場合、地の文の主体を〈作者〉というのは明らかに誤りなのですから。

いづれの御時《おほむとき》にか、女御《にょうご》、更衣《かうい》あまたさぶらひたまひける中《なか》に、いとやむごとなき際《きは》にはあらぬが、すぐれてときめきたまふありけり。はじめより我はと思ひあがりたまへる御方々《かたがた》、めざましきものにおとしめそねみたまふ。同じほど、それより下﨟《げらふ》の更衣たちは、ましてやすからず。

（源氏物語・桐壺巻、冒頭）

［どの天皇の御代のことでしたか、女御や更衣が大勢お仕えしていらっしゃった中に、たいそう高い身分というわけではなくて、なおかつとても寵愛を受けていらっしゃる方がありました。はじめから自分こそはと自負していらっしゃった方々は、この人を目障りなものだとさげすみ、お憎みになります。同じぐらいか、それより身分が低い更衣たちは、まして心穏やかではありません］

有名な『源氏物語』の冒頭です。ここでは、「女御、更衣あまたさぶらひたまひける」と天皇のお后たちに敬語を使っています（「たまひ」がお后たちに対する敬語です）。しかし、すぐ後のところでは、「同じほど、それより下﨟の更衣たちは、ましてやすからず」と述べられていて、ここでは、「更衣たち」と呼ばれるお后たちに対して敬語が使われていません（「やすからずおぼす」とでもいえば、敬語を使ったことになります）。

『源氏物語』の中では、敬語がとても繊細な手つきで扱われていて、それによって様々な情報が読者に与えられます。桐壺巻の冒頭では、「女御、更衣」と二つのクラスのお后を一緒に呼ぶ時には敬語を使うけれども、「更衣」という身分が低めのお后たちだけの時には敬語を使わない、という区別がされているようです（物語のヒロインである桐壺更衣だけは例外で、敬語が使われています）。このことから、桐壺巻の語り手は、女御クラスの高い身分のお后に対しては敬語を用いるが、更衣クラスのお后だけを話題にする場合には敬語を用いなくてもかまわない、そのような身分の人として設定されている、と推測できます。

平安時代には、一人の天皇にお后が複数いて、そのお后たちは家柄に応じて、中宮・女御・更衣というようにランクが分かれていました。そのランクには、官位としては何位相当というおおよその決まりがあり、それによって官費から支給される手当が違ってくるので、ただの呼び方の違いではなく、かなり厳然とした身分の違いだったのです。時代によっても多少違いますが、平安時代中頃までの常識では、女御は大臣クラスの貴族の娘で、だいたい従三位相当、更衣は大納言、中納言クラスの貴族の娘で、従四位相当、と考えられていました。

一方、後宮には女官、すなわち国家公務員として勤めている女房たちがいて、彼女たちの身分は法律によって定められていました。彼女たちは公務員なので、当然官位を持っていて、これも時代によって異なりますが、平安時代中期の感覚では、後宮の女官長にあたる尚侍《ないしのかみ》が従三位相当、次官にあたる典侍《ないしのすけ》が従四位相当と認識されていたはずです。

桐壺巻の地の文の語り手が、長く後宮に仕える女房という設定になっていることは明らかですが、更衣クラスのお后はいわば対等の身分だから敬語を使わなくてもいいということになると、典侍以上ぐらいのそうとう身分の高い女官でなければならないことになります。

『源氏物語』の作者と言われている紫式部という女性は、藤原道長の娘で一条天皇のお后になった彰子に女房として仕えた人ですが、公務員として官位を持っていたかどうかははっきりわかりません(典侍の下の三等官を掌侍《ないしのじょう》といい、そのまた下あたりに命婦《みょうぶ》という身分がありますが、その命婦だったのではないかという説があります。道長家に雇用されている女房なので官位を持たなかったということもありえます)。

はっきりしたことはわからないながら、中級貴族の娘という出自から考えても、『紫式部日記』に書かれている宮仕えの様子から見ても、尚侍とか典侍とかいうような高い身分の女官だったということは考えられません。紫式部が、生《なま》な自分が語るという意識で書いていたら、女御には敬語を使うけれど更衣には使わないというようなことばの使い分けをするはずはないのです。

桐壺巻は、実際に物語を執筆している作者よりもかなり上の身分の、女官としてのキャリアも長い、年配の後宮女房が虚構の語り手として設定されていて、そのような虚構の語り手が語る物語として書き始められていると考えなければなりません。おそらく、この巻の内容から見て、そのような身分の人物が語り手としてふさわしいと、作者が考えたのでしょう。

「〈語り手〉と言わないで〈作者〉と言いましょうね」と指導された先生は、たぶん〈作者〉のことを〈語り手〉と呼ぶのは最近の流行のようなもので、そういう言い方は生徒を混乱させるだけだから使わない方がいいと判断されたのかもしれません。でも、〈作者〉とは別人格の語る主体が仮構されているのに、それを〈作者〉と呼んでしまうと、かえって混乱を招くのではないでしょうか。〈作者〉(author)と〈語り手〉(narrator)との違いをはじめから明確にして教えれば、生徒は決して混乱しないと思います。

この〈語り手〉という概念について、ちょっと別の角度から説明しましょう。

物語には、一人称で書かれているものと、三人称で書かれているものとがあります。

　吾輩は猫である。　　　　　　　　　　(夏目漱石『吾輩は猫である』冒頭)

は、「吾輩」=「私」という主語があるので一人称です。

　親譲りの無鉄砲で小供の時から損ばかりして居る。　(同『坊っちゃん』冒頭)

も、

　(おれは)親譲りの無鉄砲で小供の時から損ばかりして居る。

という意味ですから、主語は一人称です。

一人の下人《げにん》が、羅生門《らしやうもん》の下で雨やみを待つてゐた。

（芥川龍之介『羅生門』冒頭）

というのは、「下人が」というのが主語なので、三人称です。

このように、人称の違いは、一般的には地の文の主語が「私は」であるか「彼は（彼女は）」であるかの違いと見なされていますが、もう少し厳密に言うと、地の文の語り手（ここでは地の文の〈語り手〉narrator と〈書き手〉writer とは区別せず、両方併せて〈語り手〉と呼ぶことにします）が「私は」というように自らを前面に出して語っているか、それとも自分は前面に出ずに、「彼は（彼女は）」と作中人物を前面に押し出して語っているかの違いです。

つまり、語っている主体が表面に出るか出ないかの違いであって、地の文の主体である語り手は、常に一人称で語っていると考えられます。三人称といわれる文でも、より詳しくいうと、

一人の下人が、羅生門の下で雨やみを待つてゐた（と、「私」＝語り手、が語っている）。

ということを言い表わしているのであって、その語り手である「私」が前面に出ていないだけなのです。

一人称のテクストの場合には、虚構の〈語り手〉が設定されていることはたいてい誰にでもわかります。それは、〈語り手〉が一種の作中人物として一人称で話す形式になっているため、〈語り手〉の実体が把握しやすいからです。夏目漱石の『吾輩は猫である』だったら、猫が〈語り手〉で、〈作者〉が語っているのではないということは誰にでもわかるでしょう。

しかし、〈語り手〉が表面に出てこず、作中人物の行為を語る、いわゆる三人称のテクストの場合には、語っているのが〈作者〉なのか虚構の〈語り手〉なのかはしばしば曖昧になります。『源氏物語』は基本的に、「身分が高くはないのに帝の寵愛を受けているお后がありました」というように語る、三人称の物語で、〈語り手〉が表面に出てこないので（注意して読んでいると、ときどき出てくるのですが）、語り手が仮構されているということがなかなかわかりません。「作者が書いているのだから、地の文の主体は作者に決まっている」と、つい考えてしまいがちです。〈作者〉がじかに語っているのではなく、虚構の〈語り手〉の口を介して語る形式になっていることは、当時の物語の読者ならすぐに了解したでしょうが、現代の読者は注意して読みとっていかないと理解しにくいのです。

それは近現代の三人称の物語でも同じことで、〈作者〉が語っていると思いこんで読んでいるうちに、次第にそうでないことがわかってくるというような物語があってもちっともおかしくありません。〈作者〉（author）はテクストを創作している主体で、〈語り手〉（narrator）はテクストの地の文を語っている主体ですから、両者は置き換え可能なものではなく、はっきりと別の概念です。テクストを書いている主体と、地の文を語っている主体とは、一致することももちろん多いのですが、一致しなくてもかまわないので、そのずれを利用して様々な仕掛けを施すということが、物語の中ではしばしば行われます。だから、この二つの概念はきちんと区別をしておくことが大切です。

整理すると、〈作者〉と〈語り手〉との間には、だいたい次のような違いがあります。

(1) 〈作者〉はテクストの外にイメージされる主体だが、〈語り手〉はテクストの内部に属する存在である。

（〈作者〉はテクストを外側から作っている主体というイメージだが、〈語り手〉は一種の作中人物として物語世界の内部にイメージされる）

(2) 〈語り手〉は原則としてテクストごとに固有だが、〈作者〉は複数のテクストが共有できる。

（『吾輩は猫である』と『坊っちゃん』と『三四郎』はそれぞれ〈語り手〉が違うが、〈作者〉は同一である）

(3) 〈語り手〉は一つのテクストの中で複数でありうるが、〈作者〉はテクストごとに単一である。

（『藪の中』のように、一つのテクストが複数の〈語り手〉を持つことも可能だが、そのような場合でも、〈作者〉はテクストを統括する単一の主体としてイメージされる）

(3)で〈作者〉はテクストごとに単一だと言いましたが、ここで言っているのはあくまでも読者がイメージする〈作者〉のことです。ミステリー作家のエラリイ・クイーンのように、一つの物語を二人の人物が合作するという場合がありますね。そういう場合でも、よく考えてみると、読者が抱く〈作者〉のイメージは単一の個性であることが普通で、クイーンというような一つの（虚構の）固有名詞がそれを受け止める記号になっています（エラリイ・クイーンの場合、「エラリイ・クイーン」というのは物語の中に登場する探偵の名前でもあるので、よけいに一人の人格という印象が強くなります）。

つまり、読者がテクストの外部にイメージする〈作者〉とは、実在する生身の〈作家〉（歴史的個人）とは必ずしもイコールではない、抽象的な概念だということになります（このことは、またあとで説明します）。

物語には、〈作者〉が直接語る形式をとるものと、虚構の〈語り手〉の口を通して語らせる形式をとるものとがある、ということを説明してきました。しかし、〈作者〉が直接語っているのか、〈語り手〉を仮構して語らせているのかは、すぐには区別がつかない場合が多いし、結局読み終わるまでどちらであるかがはっきりしないということも少なくないでしょう。

それらのことを考慮して、この講義では、説明をわかりやすくするために、どのような物語でもとにかくいったん〈作者〉と〈語り手〉とを分けて、地の文の主体は〈語り手〉だと考えることにします。その〈語り手〉が、結果的に〈作者〉とイコールと考えて差し支えないという場合があっても、それはかまいません。さっき話題にした国語の先生のような無用の混乱を避けるために、解読の前提として、どんな物語でもいったん両者を切り離して考えようというのがここでの提案です。

太宰治の『満願』（一九三八年）という物語は、語り手の「私」が数年前に体験したささやかな出来事を記した短編です。この物語は、次のように始まります。

> これは、いまから、四年まへの話である。私が伊豆の三島の知り合ひのうちの二階で一夏を暮し、ロマネスクといふ小説を書いてゐたころの話である。
>
> （太宰治『満願』冒頭）

この始まり方は、この文の〈語り手〉はイコール『ロマネスク』という別の小説を書いた人物だという前提で読むことを読者に要求していて、なおかつ読者がその『ロマネスク』という小説を知っていることを期待している身ぶりを伴っています。こういう書き方は、いわば「私小説」的なのであり、「私小説」とは、〈作者〉＝〈語り手〉＝〈主人公〉として読まれるという前提の上に成り立っている物語のジャンルなのです。

物語の中に、こうしたメッセージが読みとれるということは、物語の表現自体がそのような指示を出しているわけですから、読者は当然その指示に従って読むことになります。語り手の「私」は〈作者〉であり、同時に「ロマネスクといふ小説」の〈作者〉でもある「太宰治」だという前提を、読者は受け入れることになるわけです。

要するに、物語の表現がそう読まれることを望んでいるように読むことがまずは大切なのであって、書かれていることそのものに逆らった先入観を持った読み方をすると、無用な混乱を惹き起こしてしまうのです。

もっとも、老獪な文学者は、〈語り手〉が生身の〈作者〉であるかのような指示を出しておいて、実際には生身の〈作者〉ではありえない〈語り手〉を設定していたり、生身の〈作者〉の体験ではありえないことを語ったりするので、油断はならないのですが。

第七講　山椒魚は悲しんだ——人称と語り

物語の語り手は「私」の立場でことばを口にしているので、その意味ではどんな物語言説も本質的には一人称だというのが、この講義で採用している考え方です。しかし、語り手が語っていても、〈物語世界〉で起こっている出来事と直接の関係を持たないのならば、「私は」と語り手が自ら名乗り出る必要はありません。

山椒魚は悲しんだ。　（井伏鱒二『山椒魚』）

という物語文の背後には、山椒魚のことを語っている語り手＝「私」がいると考えられますが、山椒魚が住んでいる世界のことだけを語っている限り、

山椒魚は悲しんだ、と私は語る。

というように「私」が出てこなくてもいいわけです。

物語の地の文が「私は」という一人称を表に出して語っている場合、それは一般に、語り手と〈物語世界〉とが関わりを持っているということを意味しています。従って、この形式の語りは、語り手自身が一種の作中人物で、自分が関わりを持った出来事を語っているという場合に多く見られるはずです。

一人称の物語も、さらに細かく見ていくと、その中にはいろいろなタイプの違ったものがあります。代表的なものは、語り手が自分の体験を語る場合で、語り手自身が物語の中心人物になっているケースです。夏目漱石の『坊つちやん』(一九〇六年)の場合がそうで、語り手＝主人公なので、

おれは腹が立つたから、ええ宿直です。宿直ですから、是から帰つて泊る事は慥《たし》かに泊りますと云ひ捨てて済ましてあるき出した。

というように、「おれ」という一人称を表に出しながら進行していきます。

語り手＝主人公というのとやや性格が異なるものとして、語り手は作中人物なのだけれども、主人公ではなく傍観者的な存在であるというタイプの物語があります。同じ夏目漱石の小説でも、『吾輩は猫である』の場合はこれにあたります。「吾輩」と名乗る一人称の語り手は「猫」で、彼は飼い主である苦沙味先生や、その家に出入りする寒月君やら迷亭君やらといった人々の言動を傍らから観察

して語っています。シャーロック・ホームズ物語におけるワトソン博士と同じく、傍観者的語り手の役割を果たしているわけです。

このタイプの語り手は、実体的な存在として〈物語世界〉を生きているので、ただ傍観しているだけとは限らず、作中人物として活躍することもあります。漱石の「猫」君も、俥《くるま》屋の黒という別の猫と遭遇する場面では、次のように堂々と？物語の主役を張ることだってあるのです。

彼は身動きもしない。双眸《そうぼう》の奥から射る如き光を吾輩の矮小なる額の上にあつめて、御めへは一体何だと云つた。大王にしては少々言葉が卑しいと思つたが何しろ其声の底に犬をも挫《ひ》しぐべき力が籠つて居るので吾輩は少なからず恐れを抱いた。然し挨拶をしないと剣呑《けんのん》だと思つたから「吾輩は猫である。名前はまだない」と可成《なるべく》平気を装つて冷然と答へた。

これ以外にも、もうここに引用はしませんが、夜中に跳梁するネズミを「吾輩」が捕らえようとする場面などでも、「吾輩」は文字通り場面の主役となって大活躍しています。

この『猫』の例のように、一人称の語り手が主人公的な存在なのか、脇役的な存在なのかは、場面によって変換可能なので、あまり本質的な違いではありません。大切なのは、このタイプの場合、語り手は一種の作中人物として〈物語世界〉を生きている、ということで、そこが、語り手が〈物語世界〉に属していない三人称の語りとの大きな違いです。

もう一つ大事なことは、語り手が一人称で語る形式を採用した場合、基本的に語り手の限定的な視点からの記述しかできなくなるという、一種の制約が生まれるということです。つまり、〈物語世界〉の中に語り手という主体を設定しているので、その語り手の見聞きした範囲のこと以外の事柄には触れることができなくなるのです。〈物語世界〉の外部に設定された語り手に語らせる場合には、語り手は語るための装置のような機能的な存在なので、「Aはこう考えていたが、その時Bはこう考えていた」というように、すべての作中人物の心の中を見通すこともできるし、別々の場所で同時に起こっている出来事をすべて把握しているものとして語ることもできます（語り手が〈物語世界〉で起こっているすべてのことを把握しているものとして語るような語り方を〈全知視点〉の語りといいます）。しかし、一人称の場合には、そういうことができなくなるのです。

ホームズ物語の語り手であるワトソン博士は、「私」という一人称で語る作中人物として物語に登場しているので、別人格であるホームズが心の中で何を思っているかは、「ホームズはこう思っているらしい」という推測のかたちでしか話題にできません。

九時すこしまえに、シャーロック・ホームズがいきおいよく部屋にもどってきた。重々しい顔つきをしているが、その目のかがやきを見て、見こみちがいに終わりはしなかったのだなと私は思った。

（「独身の貴族」阿部知二訳）

右の例のように、ワトソンはいつもホームズの推理の過程が読みとれず、ただその表情から捜査がうまくいっているかどうかを判断するしかないのです。また、自分がいる場所以外のところで何が起こっているかは一人称の語り手には把握できないので、ホームズと別行動をとっているときには、その間ホームズが何をしていたかはワトソンには語れないことになります。

要するに、一人称の場合には原則として、語り手が知りうる範囲のことだけを語ることになり（〈限定視点〉と呼ばれます）、三人称の場合には語り手が〈物語世界〉の中で起こっているすべての事柄を把握している〈全知視点〉を採ることが可能である（三人称の物語でも〈全知視点〉をとらず、〈物語世界〉中の誰かの視点に限定して語ってもかまいません）、というわけです。地の文の人称は、このように〈物語世界〉の提示の仕方に大きな影響を与えることになります。

もっとも、ここに述べたことは原則的なことで、現実にはいろいろなケースがあります。『吾輩は猫である』は、前から話題にしているように、猫が一人称で語る物語です。その中に、

「自分が感服して、大に見習はうとした八木独仙君も迷亭の話しによつて見ると、別段見習ふにも及ばない人間の様である」

というように、苦沙味先生が自分の周囲にいる人間を俎上にのぼせつつ、人間の正常と異常の区別に

ついて愚にもつかない考察を続けるくだりがあります。それに続けて苦沙味先生が心の中で考えているることが、延々と記述されていて、その苦沙味先生の考察は、

以上は主人が当夜煢々《けいけい》たる孤燈の下で沈思熟慮した時の心的作用を有りの儘に描き出したものである。

と結ばれています。苦沙味先生が何を考えているか、語り手である猫にはわからないはずなのに、どうしてこのような記述が可能なのでしょうか。

それについては、このあとに次のような面白い弁明が出てきます。

吾輩は猫である。猫のくせにどうして主人の心中をかく精密に記述し得るかと疑ふものがあるかも知れんが、此位な事は猫にとつて何でもない。吾輩は是で読心術を心得て居る。いつ心得たなんて、そんな余計な事は聞かんでもいい。ともかくも心得て居る。人間の膝の上に乗つて眠つてゐるうちに、吾輩は吾輩の柔かな毛衣《けごろも》をそつと人間の腹にこすり付ける。すると一道の電気が起つて彼の腹の中の行きさつが手にとる様に吾輩の心眼に映ずる。先達て抔は主人がやさしく吾輩の頭を撫で廻しながら、突然此猫の皮を剝いでちやんちやんにしたら嘸《さぞ》あたたかでよからうと飛んでもない了見をむらむらと起したのを即座に気取つて覚えずひやつとした事さへある。怖い事

だ。当夜主人の頭の中に起つた以上の思想もそんな訳合《わけあひ》で幸にも諸君に御報道する事が出来る様に相成《あいな》つたのは吾輩の大に栄誉とするところである。

猫を一人称の語り手にした以上、ほかの作中人物の心の中には踏み込めないはずなのですが、ここでは苦沙味先生という人物の「頭脳の不透明なる事」を表現するために、彼の朦朧たる思索の軌跡を書き表わしたくなった、そこで、「吾輩」が読心術を心得ていることにして、主人が頭の中で考えていることを読みとって読者に伝えることができるのだと弁明させているのです。

ここでは一人称の形式の約束事を承知の上で、意図的にそのルールを破ってみせることが笑いを生み出しています。反則技めいたギャグには違いありませんが、「吾輩」という偉そうな一人称を使い、人間たちの世界を優越的な立場で上から見下ろしている語り手＝猫を設定したために、「読心術を心得て居る」というギャグが可能になっているということも見逃さないようにしたいところです。

漱石が試みたような高度なギャグは別にして、一般的には、一人称の語り手を設定しながら、他の作中人物の内面が詳しく描写されていたり、様々な場所で起こっていることを同時並行的に描写したりすれば、それは物語としては破綻していると受け取られることになります。

ただし、ごく稀にですが、「私」と名のる語り手が全知の視点を持ち、〈物語世界〉で起こっているすべての事柄を把握しているように語る例もなくはありません。一九六〇年代に、フランスを中心に新しい小説の形式が模索された時期に、すでにこうした語りの形式が試みられています（最近の日本の物語では、村上春樹の『アフターダーク』（二〇〇四年）という作品などが、これに近い形式をとっています）。このような一見不合理なように見える形式は、おそらくフィクションというものの本質を問い直す、メタ・フィクション的な仕掛けを施した、一種の実験なのです。

語り手がテクストの外部にいる機能的な語り手であるか、物語テクスト内部にいる実体的な語り手であるかは、西欧のフィクションでは極めて明確な形式上の違いで、西欧のフィクションの理論では、こうした語りのあり方の違いを、物語をタイプの違いによって分類する際の基準にしているほどです。しかし、これまでの説明を覆すようですが、実は日本語で書かれた物語においては、語り手のあり方の違いは、物語を形式上の違いによって分類する基準としては必ずしも有効ではありません。

『源氏物語』は、全体としては、語り手があまり姿を現さない三人称の物語という印象があります。しかし時として、それまで機能的な語り手の立場から語っていたものが、極めて自然に、連続的に、一人称の語り手のことばに移行するというような現象が起こります。

須磨巻で、光源氏は都から退くことを決意し、関わりのあった女君たちのところへ別れを告げに行き、亡き父君桐壺院の山陵に参拝するなどしてから、わずかな供を連れて須磨へ向けて旅立ちます。

この別れの場面は、光源氏が女性たちの邸を訪問するのにつれて場面が移動していくため、基本的には機能的な語り手の目を通して全知の視点から語られています。その一連の記述の最初に、次のような記述が見られます。

さるべき所どころに、御文ばかり、うち忍びたまひしにも、あはれとしのばるばかり尽くいたまへるは見どころもありぬべかりしかど、そのをりの心地のまぎれに、はかばかしうも聞きおかずなりにけり。

［しかるべき方々の所へ、お手紙ばかりを密かに差し上げなさったが、その中で、恋しく思わずにはいられないほどにことばを尽くしてお書きになっているのは、見所も多かったに違いないのだけれど、その時の動転した気持ちに紛れて、手紙の内容をはっきりとは聞かないままにしてしまいました］

ここには、源氏の離京という大事件に遭遇して気持ちが動転してしまったために、光源氏と女君たちとの別れの場面の詳細を知り得なかったと弁解している語り手が登場します。光源氏の須磨退去という出来事を、源氏の身近にいて実際に体験した語り手が設定されているのです（ここで使われている助動詞「き」は、自分が直接体験したことを語る際に用いられることばです）。

つまりこの部分では、一連の記述の初めには、出来事を直接体験した一人称の語り手が顔を出し、個人的な感想を述べていながら、それに続く記述は、一人称の語り手の目からはとうていとらえきれないような一連の出来事であり、その部分の記述は全知の視点からの語りになっている、ということになります。

日本語（やまとことば）で書かれた物語の中では、こうした全知視点と限定視点との混在のような現象が、わりあい平気で起こります。そういうことから見ても、語り手が物語世界内の存在か、物語世界外の存在かの違いは、日本の物語においては決定的な違いではないし、一つの物語の中で両方の語り方を併用することも可能であるわけです。

このような突如介入してくる語り手の例は、『源氏物語』のような古い物語だけではなく、近代の物語にも類似した例が見られます。

次の文章は、二葉亭四迷の『浮雲』（一八八七年）のはじめのほうに出てくる文章で、主人公の内海文三が勤め先をクビになって、しょんぼりと下宿先に帰ってくる場面です。

　高い男は中背の男の顔を尻眼にかけて口を鉗《つぐ》むで仕舞ッたので談話《はなし》が少し中絶《とぎ》れる。錦町《にしきちやう》へ曲り込んで二ツ目の横町の角まで参つた時中背の男は不図《ふと》立止まつて
「ダガ君の免《めん》を喰《くつ》たのは、弔すべくまた賀すべしだぜ

「何故
「何故と言つて、君、是からは朝から晩まで情婦《いろ》の側にへばり付てゐる事が出来らアネ。アハアハアハ
「フフフン、馬鹿を言給ふな
ト高い男は顔に似気なく微笑を含みさて失敬の挨拶も手軽るく、別れて独り小川町《おがはまち》の方へ参る。顔の微笑が一かは一かは消ゑ往くにつれ足取も次第次第に緩《ゆるや》かになつて終には虫の這《は》ふ様になり悄然《しよんぼり》と頭《かうべ》を垂れて二三町程も参ツた頃不図《ふと》立止りて四辺《あたり》を回顧《みま》はし駭然《がいぜん》として二足三足立戻ツてトある横町へ曲り込んで角から三軒目の格子戸作りの二階家へ這入《はい》る、一所に這入ツて見やう

（二葉亭四迷『浮雲』）

二人の男が歩きながら会話を交わしている場面では、語り手は機能的な語り手として、客観的な立場から語っているように感じられます。ところが、引用の末尾の、「高い男」即ち内海文三が一人になって下宿先に帰ってくるところでは、突然、「一所に這入ツて見やう」と、まるでカメラで彼の姿を追っているリポーターのような語り手のことばが差し挟まれています。三人称で進行している物語の中に、突然、正体不明の一人称の語り手のことばが割りこんでくるのです。

二葉亭四迷は、この言文一致の嚆矢とされる小説を書く際に、三遊亭円朝の落語の速記を参考にし

たと言われています。「一所に這入ツて見やう」というような語り手の生の口調が出てくるのも、出来事を語りながら演者がときどき素《す》に戻って口を挟むという、落語や講談の語り口の影響があるのかもしれません。

しかし、高座の話芸だけではなく、生な語りとは違う書かれたフィクションの文章においても、こうした突如として語り手が介入してくるような語り方が可能なのはなぜなのか、という問題が残ります。

西欧の小説では、このような現象は実験的な試みとして黙認される場合以外は、形式的な混乱と見なされるはずです。それはおそらく、西欧の言語が主体（subject）と客体（object）とが明確に分離対立する構造を持っていることと関係しているのではないかと思われます。語るという行為の中で、語る主体（subject）である語り手と、語られる対象（客体（object））である出来事や作中人物との関係が曖昧であることは、西欧の言語においては許されないことだからです。

第八講　だれが？　いつ？——やまとことば

小説『雪国』（一九三七年）は、日本人ではじめてノーベル文学賞を受賞した川端康成の、多くの人が代表作と認める作品です。次に掲げるのは、その有名な冒頭です。


国境の長いトンネルを抜けると雪国であつた。夜の底が白くなつた。信号所に汽車が止まつた。

　向側の座席から娘が立つて来て、島村の前のガラス窓を落した。雪の冷気が流れこんだ。娘は窓いつぱいに乗り出して、遠くへ叫ぶやうに、

「駅長さあん、駅長さあん。」

明りをさげてゆつくり雪を踏んできた男は、襟巻で鼻の上まで包み、耳に帽子の毛皮を垂れてゐた。

　もうそんな寒さかと島村は外を眺めると、鉄道の官舎らしいバラックが山裾に寒々と散らばつてゐるだけで、雪の色はそこまで行かぬうちに闇に呑まれてゐた。


（川端康成『雪国』冒頭）

『雪国』は、東京から来た島村という男と、雪国の芸者駒子との交情を描いた物語です。ここで島村と同じ列車に乗っていた「娘」は、病気の青年を間にして駒子とは微妙な関係にある葉子という女性です。けれども、この物語では、そうした作中人物同士の人間関係や細かいストーリーは、一読してもあまり記憶に残らず、場面場面で差し出される鮮烈なイメージや心象のほうが強く印象に残ります。引用した冒頭から、トンネルを抜けると一面の銀世界だったということを、「夜の底が白くなった」と表現する、詩的なフレーズが眼に飛び込んできますね。出来事を記述した「物語」とは別の何かなのではないかと思わせられるようなところのある、不思議な作品です。

さて、この有名な冒頭の部分を、エドワード・サイデンステッカー氏は次のように英訳しています。

The train came out of the long tunnel into the snow country. The earth lay white under the night sky. The train pulled up at a signal stop.

サイデンステッカー氏の英訳は評価の高いもので、彼のわかりやすく格調の高い訳文が、川端康成のノーベル文学賞受賞に大きく貢献したとさえいわれています。

しかし、サイデンステッカー訳が、「わかりやすい」という意味ですぐれた翻訳であることは間違いないとして、原文とこの英訳とを比較して読むと、受ける感じがずいぶん違います。「国境の長いトンネルを抜けると雪国であつた。夜の底が白くなつた」という原文は、夜の列車に長い時間揺られてきて、うんざりするほど長いトンネルを抜けたとたん、まるで別世界に来たように一面に雪が積もっていて、背後に置き去りにしてきた日常の世界との落差に驚く、島村の内面に寄り添った記述です。「夜の底が白くなつた」という感覚的な描写は、ふいに自分が乗っている列車の周囲の雰囲気や明るさが一変したことにはっとしている島村の一人称的な印象として受けとめることができます。

ところが、英訳の方では、同じ部分が、直訳すると「汽車は長いトンネルを抜けて雪国に入ってきた」と訳せるような英文になっています。原文では、汽車に乗っている作中人物（島村）の主観に寄り添って、雪国に到着した時の気分が表現されているのに対して、サイデンステッカー訳では、「汽車が雪国に到着した」という客観的な事実を伝えるような表現になっているのです。

この『雪国』の冒頭に関しては、池上嘉彦さんの『「日本語論」への招待』（講談社刊）という本の中に、面白いエピソードが紹介されています。以前NHK教育テレビでこの文章を取り上げた時、NHK国際部勤務の英語の話し手数人（いずれも日本語の堪能な人たち）に英訳を見せて、そこから読みとれる状況を絵に書いてもらった。その結果ほぼ共通していたのは、向こうの山の端から姿を現わしてきた列車という構図であったそうです。つまりこの英文は、列車という対象の移動を外から見ているという印象を喚起する文章で、列車の内部にいる主体の内面を描写しているようには受け取れないということです。

これはなにも、サイデンステッカー氏の英訳が不正確だとあげつらっているわけではありません。

先に述べたように、この冒頭は、列車に乗って雪国という異郷に到着した島村という人物の主観に寄り沿った記述になっていて、その意味では、形式的には三人称の物語だけれど、実質的には一人称に近い表現になっています。だから、この物語を読み始めるとすぐに、読者である私たちは島村という人物と一体化して、自分が長い列車の旅をしてきて、たったいま雪国に到着したような、新鮮な気分を味わうことができるのです。日本語を母語とし、日本語で書かれている物語を読み慣れている人ならば、まず間違いなくそのような読み方をすることでしょう。

しかし、そのような作中人物の内側からの表現の仕方は、どうやら英語ではうまく表わしにくく、物語の読み方としても、読者が三人称で書かれている物語の作中人物といきなり一体化するような読み方は、英語を母語とする読者にとっては馴染みの薄いものらしいのです。

先の池上嘉彦さんの本の中には、他にも面白いエピソードが書かれています。多田道太郎の『日本語の作法』（朝日新聞社刊）という本の中に出てくる、ドメニコ・ラガナさんの体験だそうですが、ラガナさんはアルゼンチンから来たジャーナリストで、日本語を勉強していた時、はじめて日本語の文学作品にチャレンジしようとした。その際に手にとったのは、幸田文《あや》の『流れる』（一九五五年）という小説でした。『流れる』は、幸田露伴の娘、文の自伝的な要素の強い作品ですが、その冒頭、主人公がはじめての家を訪ねる場面は、次のように始まっています。

このうちに相違ないが、どこからはひつていいか、勝手口がなかつた。（幸田文『流れる』冒頭）

主人公が女中として勤めることになった家を訪ねてきて、それらしい家の前に立ったものの、新規の使用人として来たという用向きからして、玄関からは入りにくいのだが、勝手口が見あたらなくてまごまごしている、という状況です。この一文の意味するところは、日本語の小説を読み慣れた読者であれば読み誤りようがありません。ごく平明な、特に凝ったところがあるわけではない物語の導入です（ただし、マンション住まいが多くなった近年の若い読者には、玄関と勝手口の用途による使い分けなどはわかりにくくなっているかもしれませんが）。

ところがラガナさんは、この冒頭でいきなりつまづいてしまいました。何を言わんとしてるのかわからず、さんざん知恵を絞ったあげく、次のように解釈しました。

ある場所に家が一軒（あるいは数件）在る。その家は現在では、何か別のもの、おそらく別の家と相違していない（あるいは、昔とは変わらない）。だれかがだれかにむかってこう質問する。だれかが（あるいはだれが）、あるいは何かが（あるいは何が）どこから入って良いか、と。飛躍。過去には、勝手口がなかった。

私たちから見ると、どうしてこんなに簡単な文でこのような大混乱が起こるのか、理解に苦しむところです。しかし、このような誤読を生み出す原因は、ラガナさんの語学力の低さだけでなく、どうやら日本語独特の表現の仕方の中にもあるようです。そのことは、池上さんがこのエピソードに続けて書いている次のような後日談からも明らかだと思われます。

ドイツから日本研究で留学している大学院学生——私の経験ではドイツの大学の日本学科の学生としては、文句なくトップ・クラスにはいる学生——が、ある時、日本語教育に関心のある日本人学生のクラスでこの話（ラガナさんの体験のこと—引用者注）を取り上げたのを聞いた後、私のところへやって来て「私も分かりません。ショックです。」と話した。彼女は、能とベケットについての博士論文を準備中の学生である。聞いた私の方もかなり「ショック」であった。電話で話していると、外国人であることを殆ど気づかせないくらい日本語に上達している彼女であるが、その彼女にして、なお、というショックであった。

日本語に堪能で、能とベケット（イギリスのノーベル賞作家、サミュエル・ベケット（一九〇六—一九八九）。不条理劇『ゴドーを待ちながら』等のすぐれた戯曲で有名）に関する博士論文を準備しているというぐらい、日本の文化や歴史、言語についての深い知識を持っている学生にしてなお、このごくありふれた物語文の読解につまづいてしまうというのは、とても興味深いことです。

ラガナさんが混乱したのは、「相違ない」というやや文語的な言い回しについての誤解とか、文末の現在形と過去形の違いが必ずしも時制の違いに対応しないということを知らなかったとか、いくつもの原因があって、それらが複合した結果、このようなことになったのでしょうが、つまづきの最大の原因は、おそらく主語に対する考え方の違いにあります。

ラガナさんはたぶん、この主語のない文の背後に、その場に身を置いている一人称的な主体が隠れているということが理解できなかった。そこでまず、「相違」が主語であり、「ある家」について「相違」が存在するかしないかが話題になっている文だと考えた。さっぱり理解できなくなったのは当然です。

「このうちに相違ないが」という冒頭に接したとき、誰の意識を通して語られているのか、ということを、私たち日本語の物語を読み慣れている読者はほとんど気にしません。さらに、この一文だけ取り出したのでは、これが一人称で書かれたものであるのか、三人称で書かれたものであるのかすらはっきりしませんが、私たちはそういうことをほとんど気にしないで物語を読み始めることができます。

しかし、たとえば英語で書かれている物語ならば、主語が誰であるのか、一人称なのか三人称なのか、誰の視点から何を見ているのか、というようなことは曖昧にはすまされない、言説の基本的な枠組みです。そのため、日本語の物語を英訳するというような場合には、先のサイデンステッカー訳のように、英語らしく見えるような工夫をしなければならなくなるのです。

もし、『流れる』の冒頭を英訳するのであれば、「彼女はある家の前で立ち止まり、『探していたのはこの家に相違ない』と考えたが、……」というような文章にしないと、英文で読もうとする読者には理解できないことでしょう（この冒頭は一人称的な視点から語られていますが、『流れる』という小説自体は基本的に三人称で書かれています）。

こうした日本語ネイティヴでない読者の反応や体験談は、私たちが日本語の物語を読んでいる時に、当然のこととして意識しないままにやり過ごしている読み方の癖のようなものを、改めて自覚させてくれます。

私たち日本語を母語とする読者は、文の主語が誰であるかをあまり気にしません。また主語が誰かということとは別に、その場面を把握している描写や意識の主体があって、その見えない主体の眼や心を通して出来事が語られるということに違和感を覚えません。

従って、語りや描写の主体が特に明示されていなくても、出来事が語られていれば、とりあえずその内容を受容することができます。また、言説の流れの中で主体が明確に浮かび上がってくれば、それをそのまま受け入れるし、一連の言説の中で主体がいつのまにか変化していても、自然にそれについていくことができます。

そのような物語の読み方、書かれ方の特徴は、私たちの意識のあり方の問題というよりは、そのような表現を成り立たせている特性が日本語ということばの中にあるからだと考えられます。日本語に備わっているいろいろな特性の中でも、ここでは特に、主体と客体とが必ずしも明確に分離・析出されないという点が、日本語の物語を読み慣れていない読者との間のディスコミュニケーションの問題に深く関わっているらしいことを確認しておきましょう。逆の言い方をすると、日本語で書かれている物語は、表現の媒体であることばが備えているそのような特性をうまく活用して大きな表現効果を上げているらしいということもわかってきます。

先に取り上げた『雪国』の冒頭でいえば、独特の感覚的な表現によって、一人の男が雪国に到着したという物語の発端にあたる出来事が語られると同時に、前に一度訪れたことがあるだけの雪国を再訪した男が感じている新鮮な感動と旅愁とが、男自身の一人称的な内面の感覚として表現されているのです。このような表現から、私たち読者は、それが自分とは関係のない別の場所で起こっている出来事ではなく、もっと身近な出来事という感覚を抱きます。「島村は」と三人称で語られているにもかかわらず、読者である私たちは「島村」という作中人物と一体化し、降り積もった雪の白さや、列車の窓から流れこむ冷気、静かな夜の中を響きわたる若い娘の声などを、今まさに自分がその場所にいて感じているように受けとめることができます。川端康成が日本的な作家であるといえるかどうかはさておくとしても、川端が得意としたこのような表現が極めて「日本語的」な表現であることは確かでしょう。

ここでお断りしておきたいのですが、この講義の中で話題にしている日本語の特性ということには、日本語という言語を特別扱いしたり、特権化したりする意図はまったく含まれていません。日本語という言語を媒体として書かれている物語には、他の言語によって書かれている物語にはない、独特の表現の仕組みがあるということは、日本語という言語が特別に文学的な表現に向いているとか、ニュアンスの豊かな言語だとかいうことを意味しているわけではもちろんありません。

世界には多くの言語があって、それぞれの言語を媒体として優れた文学作品が書かれています。その文学としての表現の特性は、それぞれの言語が持っている特性に依拠しているのであり、そのすばらしさも、それぞれの言語に即して解明されなければならないのは当然のことです。

それぞれの言語は、それぞれの性格において「特別」なのです。

第九講　テクストの中の二つの世界――〈語りの場〉と〈物語世界〉

物語の地の文を語り手（narrator）のことばと考えるとして、ことばというものは、基本的に誰かに向けて発せられているという対話性を持っているため（独り言は自分自身に向けて発せられたことばです）、語り手は、同時に潜在的な聞き手（listener）を常に前提としています。

いま私たちが対象にしているのは、書かれた物語なので、昔話のように語り手と聞き手とが現実に向き合っている具体的な場所が存在しているわけではありませんが、語り手のことばが向けられる、目に見えない相手としての聞き手の存在を、そこに想定することができます。

語り手が作者とイコールではないように、聞き手も読者とイコールではありません。語り手が、テクストの中に設定されたことばを発する機能であるのと同様に、聞き手はテクストの中に設定された、ことばを聞き取る機能のことだと考えればいいでしょう。

語り手と聞き手がいるということは、これも目には見えないけれど、語り手と聞き手とが身を置いている（向き合っている）〈場〉が、テクストの中に存在することになります。この語り手と聞き手とが身を置いている潜在的な場のことを〈語りの場〉と呼ぶことにします。

一方、テクストのなかには当然、作中人物が身を置いていて、そこで出来事が起こっている〈場所〉が存在します。この出来事が起こっている〈場所〉のことを〈物語世界〉と呼ぶことにします。

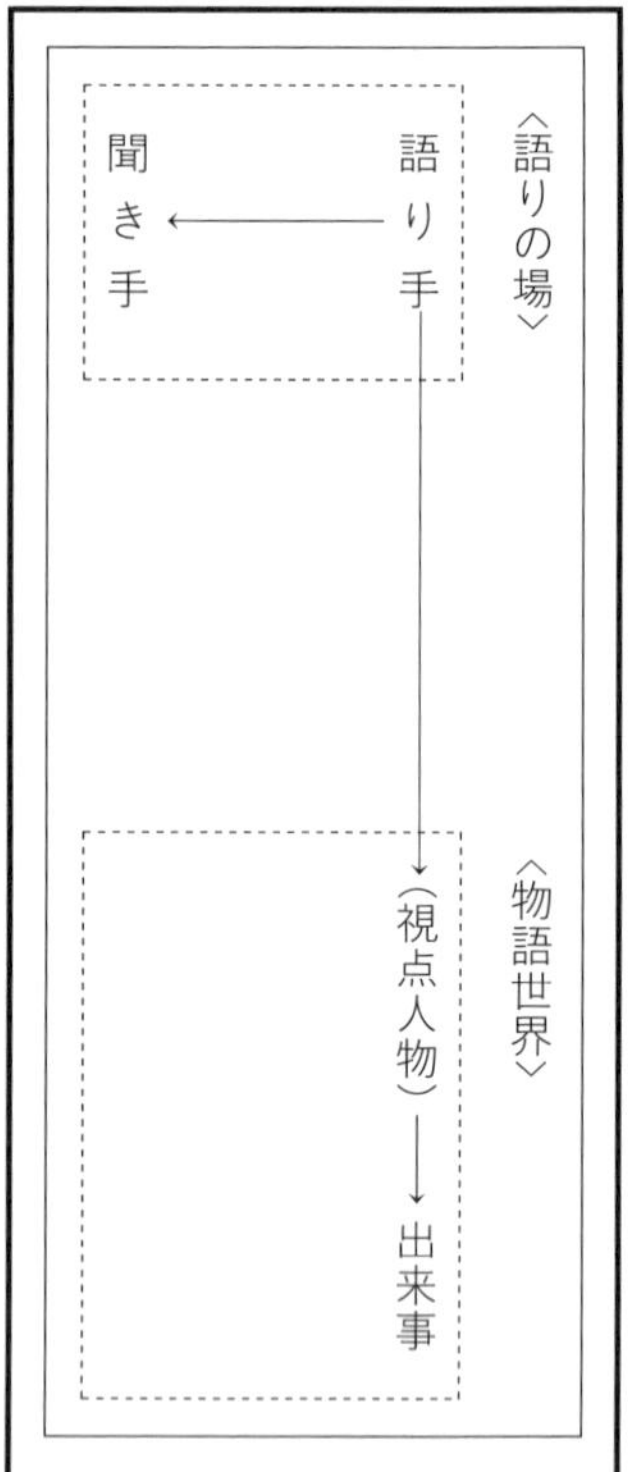

〔図５〕

或日の暮方の事である。一人の下人が、羅生門《らしやうもん》の下で雨やみを待つてゐた。

（芥川龍之介『羅生門』冒頭）

この有名な物語文を例にとってみましょう。下人が羅生門の下で雨やみを待って立っている平安京という場所、ことばがそこに描き出している独立した世界が〈物語世界〉です。他方、「或日の暮方の事である」と語り始める語り手がいて、その語り手がこれから物語を語って聞かせようとしている相手である聞き手がいる、つまり〈語り〉という行為が行われつつある目に見えない場が、どこかに存在すると考えることができます。その〈語り手〉が発話している場が〈語りの場〉です。

語り手が語る〈語りの場〉と、出来事が起こる〈物語世界〉という二つの場の関係が、〈語り〉という行為を成り立たせています。従って、〈語りの場〉という目に見えない場と、〈物語世界〉という目に見える場、この二つの場がどのような関係にあるのかを感じとることが、物語を読む際には重要になります。

いま、「〈語りの場〉という目に見えない場」という言い方をしましたが、語り手がどういう語り手であるか、どういう場に身を置いて語っているかが、ある程度推測できるように書かれている物語もあります。また反対に、〈語り手〉や〈語りの場〉の性格がまったく推測できない物語もあります。物語によって、〈語りの場〉の設定のされ方に違いがあるのです。

ここにあげた芥川龍之介の『羅生門』のような物語では、語っている語り手がどういう語り手で、どのような場所で語っているかはまったく想像することができません。〈語りの場〉が無色透明でまったく目に見えない、別の言い方をすると、〈語りの場〉というものの存在をそれほど意識しなくても読める物語なのです。

前にも例文として取り上げた太宰治の『満願』という掌編では、やや事情が異なります。『満願』の冒頭を、もう一度引用してみましょう。

これは、いまから、四年まへの話である。私が伊豆の三島の知り合ひのうちの二階で一夏を暮し、ロマネスクといふ小説を書いてゐたころの話である。

語り手はこう語り出して、伊豆の三島の医者の家で体験した出来事を語ります。この書き出しを見れば、出来事を体験してから四年後の今、一人称の語り手（職業は作家であるらしく思われます）が自らの体験を回想して書いている〈語りの場〉が読者の脳裏に浮かんできます（自宅で書いているのか、外の仕事場で書いているのか、そこまではわかりませんが、わかる必要もないでしょう）。このようなテクストでは、〈語りの場〉がある程度具体的に設定されていて、〈語りの場〉と〈物語世界〉との間の時間的心理的距離を、読者がかなり明確にイメージできるような仕組みになっています。

この講義では、〈語りの場〉や語り手がある程度具体的に想定できる場合を、

〈語りの場〉（や語り手）が実体的である。

と言い表わし、〈語りの場〉や語り手が具体的に想定できない場合を、

〈語りの場〉（や語り手）が非実体的である。

と言い表わすことにします。

『満願』の例を見ても明らかなように、一人称の語り手が語る場合には、言説が語り手の属する場を指し示してしまうので、〈語りの場〉は実体的になりやすくなります（「吾輩は猫である」という言説は、「吾輩」のいる「場」に読者の意識を向けさせます）。反対に、三人称の語りの場合には、語り手と、作中人物である「彼」や「彼女」がいる〈物語世界〉とが互いに独立しているので、〈語りの場〉はおおむね非実体的なものになります。

次に、〈語りの場〉と〈物語世界〉という二つの場がどのような関係におかれているかという面から考えてみましょう。

「いまから、四年まえの話」である『満願』の場合、語り手がいる〈語りの場〉と、出来事が起こっている〈物語世界〉との間には四年間という時間的な隔たりがあります。その四年間という時間は、語り手であり、かつ作中人物でもある〈私〉という主体の中を流れた時間であり、〈私〉という主体を介して二つの場は確かにつながっているという感触があります。このように、〈語りの場〉と〈物語世界〉とが何らかの意味でつながっていると読者に感じさせるようなテクストの場合、

(ア) 〈語りの場〉と〈物語世界〉とが関与的である。

と言うことにします。

それに対して、芥川龍之介の『羅生門』の場合には、語り手の存在は想定できるにしても、どういう性格の語り手で、作中の出来事とどんな関係にあるのかもわからない、透明で機能的な語り手です。「その上、今日の空模様も少からず、この平安朝の下人の Sentimentalisme に影響した」というような表現が出てくることから見て、語り手はかなりのインテリの現代人で、作者芥川龍之介の分身のような存在かと感じられますが、作者芥川とまったくイコールと見てよいかどうかはテクストからはわかりません。

『羅生門』の本文の中には、

作者はさつき、「下人が雨やみを待つてゐた」と書いた。

のように、語り手が自ら「作者は」という一人称を用いているくだりもありますから、ここでの語り手は「作者」と言い換えても差し支えないでしょう。しかし、くどいようですが、その「作者」が「芥川龍之介」という人物とイコールであるかどうかはなおかつ保証の限りではありません。「芥川龍之介」は、生身の自分とは別人格の〈作者〉という役割を演じているのかもしれないのです。

『羅生門』のような物語では、語り手がいる〈語りの場〉についての情報がまったく与えられていないため、読者は〈語りの場〉と〈物語世界〉とがつながっているという感触を持ちようがありません。このように、〈語りの場〉と〈物語世界〉とが物理的につながっていない、互いに独立している

と読者に感じさせるようなテクストの場合を、

(イ) 〈語りの場〉と〈物語世界〉とが不関与的である。

と言うことにします。

二つの場の関係は、語り手が実体的であるか否かに関係します。語り手が実体的である場合には、〈語りの場〉もある程度まで具体的にイメージできる形で顕在化するので、二つの場の関係が不明だと、読者としては心理的に落ち着きません。前に掲げた〔図5〕で、語り手から下向きに出ている矢印を消した形を想像してみてください。テクストの中に、〈語りの場〉と〈物語世界〉とがそれぞれ独立したものとして浮かんでいることになり、いかにも不安定です。

一人称の語り手がある程度具体的にイメージできるのに、その語り手と、彼が語っている話の内容とがどう関係するのかわからないような物語を、あえて想像してみましょう。すると、語り手が自分と直接関係のない話を聞き手を前にして語っている、昔話や口承文芸に近い形態が思い浮かびます。

しかし、書かれた物語の場合、その実体的な語り手というのも、目の前にいる生身の人間ではなく、目に見えない虚構の存在ですから、語り手と話の内容とが無関係ならば、以前の講義でも触れたように、そもそも実体的な語り手を登場させる意味がありません。従って、書かれた物語では、語り手が実体的だと、(ア)のタイプになることが多いはずだと予想されます。

反対に、語り手が非実体的である場合には、〈語りの場〉も目に見える形では顕在化しないので、〈物語世界〉とどうつながっているのかは想像しようがありません。ゆえに(イ)のタイプの物語になるはずです。

一人称の語り手が登場するのに、〈語りの場〉と〈物語世界〉とが不関与的である語りは、昔話や口承文芸に近い印象を与えると、先に述べました。書かれた物語の場合でも、そうした語りの雰囲気を意図的に作り出そうとしている時には、一人称の語り手が顔を出していて、しかも二つの場の間の関係が必ずしも関与的ではないという場合もありえます。

宮沢賢治の『鹿踊《ししおどり》のはじまり』（一九二四年）という短編などは、そうしたタイプの物語と考えられます。

そのとき西のぎらぎらのちぢれた雲のあひだから、夕陽は赤くななめに苔の野原に注ぎ、すすきはみんな白い火のやうにゆれて光りました。わたくしが疲れてそこに睡りますと、ざあざあ吹いてゐた風が、だんだん人のことばに聞こえ、やがてそれは、いま北上の山の方や、野原に行はれていた鹿踊りの、ほんたうの精神を語りました。

（宮沢賢治『鹿踊のはじまり』冒頭）

この冒頭に続いて語られるのは、その地方で昔あった出来事、即ち、嘉十という男が落とした手拭いを、通りかかった鹿の群れが不審そうに取り囲み、やがて周りをぐるぐる回りながら踊りのようなものを踊り出し、歌を歌い始めたという不思議な出来事です。この嘉十という男が鹿の不思議な踊りを目撃したという話が、〈物語世界〉で起こっている中心的な出来事です。しかし、この出来事が起こったのはいつのことなのか、物語の冒頭に登場する「わたくし」という語り手が何者で、どのような場でこの話を語ろうとしているのか、〈語りの場〉と〈物語世界〉とがどのような関係にあるのかは、ちょっと読んだだけではわかりません。

実はこの話は、嘉十が目撃した鹿たちの踊りが伝承され、今も岩手地方に伝わる「鹿踊り」という伝統芸能になったという事情を物語っています。つまり、「鹿踊り」がどのようにして始まったのかという、「鹿踊りの起源」を説明する神話的な物語なのです。従って、神話の類が語られる際と同様に、「わたくし」という語り手は誰でもかまわないし、「わたくし」と遠い昔の出来事とが直接結びついていなくてもかまわないのです。そういう性格の物語なのだということがわかれば、これは読者にとってもさほど違和感を覚える形式ではありません。

これは、神話や昔話の形式の一種の応用として、書かれた物語の中に、本来ならば必要でないはずの実体的な〈語りの場〉をわざわざ持ち込んでいる形式です。その意味では、やはり書かれた物語としては例外的なケースといえるでしょう。一般的には、一人称の語り手が登場しながら、その語り手が自分とは直接関係のない話を他人事のように語るという性格の創作物語を想像してみれば、それが読者にとって落ち着かない形式であることは明らかでしょう。

第十講　〈語り〉の遠近法——視点の移動

以前の講義の中で、私たち読者が作中人物になったような気持ちになる、という話がちょっと出てきました。これは物語を読み味わう際にとても大事な心理ですが、自分が〈物語世界〉に入り込んだり、作中人物になったような気持ちになるということは、ただ夢中になって読んでいるから引き込まれるという読者心理だけの問題ではなく、読者をそのようにし向ける言説の仕組みがそこにあるからです。今回は、この問題について考えてみましょう。

物語の読者である私たちは、無意識の裡に、物語の語り手が他ならぬ自分に対して語りかけているような気持ちで読もうとしているはずです。つまり、読者は活字のテクストを読んでいるにもかかわらず、〈語りの場〉に聞き手として身を置いて、語り手のことばを聞いているように、頭の中で役割を変換していることになります。

読者は、物語に書かれていることがフィクションであることを知っています。しかし、フィクションである物語をリアルに受け取るためには、作者が物語を「作っている」ことを理解しているだけではだめで、いったん物語の中に入り込み、語り手が語っている〈語りの場〉に自分の身を置いて、語り手が語り聞かせてくれていることとして受け止める姿勢をとる必要があります。そうすることで、語り手が語る内容を生々しく感じ取ることができるようになるのです。

読者が聞き手としての役割を演じる際に、読者は情報を受け取るのに最適な位置から出来事を把握するように要請されています。「この位置から出来事を見なさい」とテクスト自体が指示している指定席があり、そこが読者に与えられている聞き手としての定位置なのです。

語り手が出来事を語る語り方にはいろいろな方法があり、語り手がどのようにして出来事を語るかによって、聞き手即ち読者が出来事との間に感じる心理的距離は変わってきます。次の二つの文章を較べてみてください。

Ａ　彼の空想は、ここまで来て、急に破られた。同じ柘榴口の中で、誰か彼の読本《よみほん》の批評をしてゐるのが、ふと彼の耳にはいつたからである。しかも、それは声と云ひ、話様《はなしやう》と云ひ、殊更彼に聞かせようとして、しやべり立ててゐるらしい。馬琴は一旦風呂を出ようとしたが、やめて、ぢつとその批評を聞き澄ました。

「曲亭先生の、著作堂主人のと、大きな事を云つたつて、馬琴なんぞの書くものは、みんなありや焼直しでげす。（以下省略）」

馬琴はかすむ眼で、この悪口を云つてゐる男の方を透して見た。湯気に遮《さへぎ》られて、はつきりとは見えないが、どうもさっき側にゐた眇の小銀杏ででもあるらしい。さうとすればこの男は、さつき平吉が八犬伝を褒めたのに業を煮やして、わざと馬琴に当たりちらしてゐるのであらう。

（芥川龍之介『戯作三昧』一九一九年）

B　間もなく明子は、その仏蘭西の海軍将校と、「美しく青きダニウブ」のヴァルスを踊つてゐた。相手の将校は、頬の日に焼けた、眼鼻立ちの鮮《あざやか》な、濃い口髭のある男であつた。彼女はその相手の軍服の左の肩に、長い手袋を嵌《は》めた手を預くべく、あまりに背《せい》が低かつた。が、場馴れてゐる海軍将校は、巧に彼女をあしらつて、軽々と群衆の中を舞ひ歩いた。さうして時々彼女の耳に、愛想の好い仏蘭西語の御世辞さへも囁いた。

（芥川龍之介『舞踏会』一九二一年）

同じ作家の文章で、Aは、江戸時代の戯作者曲亭馬琴が銭湯の中で自分の作品が批判されているのを耳にするくだり、Bは、鹿鳴館の舞踏会に赴いた華族の令嬢明子が、仏蘭西の海軍将校（物語の最後で、のちの作家ピエール・ロチであったことが明かされます）とワルツを踊るくだりです。どちらも三人称で書かれていますが、Aのほうは馬琴たちのいる〈物語世界〉までの距離が近く感じられ、まるで自分も一緒に湯に入りながら馬琴の反応を眺めているような気にさせられます。それに較べると、Bのほうは、江戸時代後期の出来事であるAよりも、歴史的には新しい時代の出来事であるはずなのに、遠い昔の出来事であるかのように、作中人物たちのいる世界までの距離が遠く感じられます。

このように、私たちは物語を読みながら、出来事が起こっている現場までの距離を心の中で直観的に推し量っているわけですが、それでは何が出来事の現場までの距離を近く感じさせたり遠く感じさせたりするのでしょうか。

先のAとBとを比較すると、Aのほうには馬琴の内面に即した「らしい」「だろう」というような文末表現が出てくること、それに対してBのほうは「た」という突き放したような客観的な文末表現で一貫していること、というような語り方の違いがあり、それが心理的な距離感に影響を与えているらしいことがわかります。

しかし、文末の「た」はAの文章でも使われているから、現在形なら近く感じられて過去形なら遠く感じられる、というような単純な問題ではなさそうです。

読者が受ける心理的距離を左右する要因の一つとして、〈語り〉の視点の問題があります。

語り手は、どこからか出来事をとらえて語っています。出来事をとらえる語り手の目の位置は、出来事を記録する撮影機の位置でもあります。読者は、もっぱら語り手を通して出来事についての情報を得るため、語り手の目の位置は、読者が出来事を把握する視点にもなるわけです。人物から三メートル離れた位置に撮影機を設置して撮影すれば、できあがった映像を見る人は、同じ位置から画面の中の人物を見ることになりますね。それと同じように、語り手が出来事から離れた位置に視点を設置すれば、読者は出来事との間に距離があると感じるし、語り手が出来事のすぐ近くに視点を設置すれば、読者は出来事との間の距離が短いと感じることになります。

先にあげた二つの例文でいえば、Ａは作中人物に近い位置に視点を設け、作中人物の感じる感じ方に沿って出来事を語っているので、読者は馬琴らがいる場所を身近に感じることになります。馬琴と一体化した「らしい」「だろう」といった推量の表現や、ちょっと前に起きた出来事を「さっき」と表現する仕方などが、併せて〈近さ〉の感覚を支えています。

一方Ｂのほうは、視点の位置が作中人物から遠く、しかも固定的なので、読者は作中人物のいる世界を遠く感じることになります。

出来事までの距離だけでなく、語りの視点が固定されているか移動するかも大事な問題です。一般に、語りの視点が固定的で変化しない時には、読者は語り手や語りの視点の存在をあまり意識しません。映像の場合にも、撮影機を一箇所に据えたまま、パン（反転）もズーム（距離の調節）もいっさいしないで対象を撮り続けたら、見る者の意識は映っている対象の方に集中し、撮影しているカメラそのものはだんだん意識しなくなるでしょう。

つまり、語りの視点を考える際にとくに重要なことは、語っている過程で視点が変化するということで、その変化が読者の心理に重要な影響を及ぼすのです。

次の文章は、柳田国男の『遠野物語』の中の一章段です。

山口村の吉兵衛と云ふ家の主人、根子立《ねっこだち》と云ふ山に入り、笹を苅りて束と為《な》し、担《かつ》ぎて立ち上がらんとする時、笹原の上を風の吹き渡るに心付きて見れば、奥の方なる林の中より、若き女の稚児《をさなご》を負ひたるが、笹原の上を歩みて此方へ来るなり。極めてあでやかなる女にて、これも長き黒髪を垂れたり。児を結び付けたる紐は藤の蔓《つる》にて、着たる衣類は世の常の縞物《しまもの》なれど、裾のあたりぼろぼろに破れたるを、色々の木の葉などを添へて綴りたり。足は地に着くとも覚えず。事も無げに此方に近より、男のすぐ前を通りて、何方へか行き過ぎたり。此人は其の折の怖ろしさより煩ひ始めて、久しく病みてありしが、近き頃亡せたり。（柳田国男『遠野物語』四段）

この話は、遠野郷山口村の吉兵衛という人が、山の中でこの世のものとは思えない不思議な女と出会ったという怪異譚です。文章の冒頭は、「吉兵衛と云ふ家」「根子立と云ふ山」のように、遠野地方の事情をよく知らない聞き手に向かって語り手が語り始める口調で、遠野出身の語り手と、遠野のことに詳しくない聞き手とが〈語りの場〉で向き合っている様を彷彿とさせます。それが、「笹を苅りて束と為《な》し」云々と、吉兵衛さんの行動を詳細に描写するあたりからぐんぐん出来事の現場に近づいていき、「笹原の上を風の吹き渡る」のをきっかけに、吉兵衛さんがふと顔を上げるところから、語り手の視点は吉兵衛さんの視点と一体化します。それに続く若い女の描写は、今まさに吉兵衛さんの目に映っている情景として描写されているのです。吉兵衛さんの目が出来事を撮影するカメラのレンズとなり、読者もまた吉兵衛さんの目を通して女の姿を見る、ということは、私たち読者は自分が吉兵衛さん自身になってその場にいるような気持ちにさせられていることになります。

こんな山の中には不釣り合いな美しい女、長い黒髪、稚児を結わえた藤蔓製の紐、縞物の着物、ぼろぼろになった裾のあたりの様子、と吉兵衛さん（つまり私たち読者）の視線は次第に上から下へと移動していって、女の足下までたどり着き、こちらへ近づいてくるその移動のスピードが尋常の速さでないことに気づいた時、恐怖は一挙に沸騰します。その女が普通の女ではない、「山女」などとみんなに呼ばれている妖怪の類なのではないかという疑惑にわしづかみにされるからです。女の姿が吉兵衛さん＝読者の視点から捉えられていることは、「此方」ということばが使われていることからもわかります。女が「こちらの方」へやってくるということは、出来事が吉兵衛さんのほうから見られているということで、語り手の視点が吉兵衛さんと一体化していることを表わしているからです。私たちは、その異様な女が自分の方へ向かってどんどん近づいてくるという恐怖感をリアルに味わうことになります。

それに続く最後の部分では、語り手は吉兵衛さんから急速に離れ、吉兵衛さんが病気になって寝ついてしまい、最近亡くなったという事実を述べて語り終わります。語り手の視点は、出来事の現場から急速に離れ、語り手が語っている〈語りの場〉まで後退して、話をしめくくります。

このように、この文章では、最初は出来事から時間的にも空間的にも離れた場所に設定されている〈語りの場〉から語り始め、それから出来事が起こった現場に接近し、当事者である吉兵衛さんに一体化したのち、最後には再び〈語りの場〉に戻って来るという、語りの視点の移動が見られます。その視点の移動によって、私たち読者は、遠野地方の伝承に耳を傾けている聞き手の心境と、当事者である吉兵衛さんが味わった恐怖との両方を、リアルに、しかも立体的に体験することができるような仕組みになっているのです。

もう一つ、今度は口語の物語の例を挙げましょう。

村上春樹の長編『羊をめぐる冒険』（一九八二年）から。

時計が二時の鐘を打ち終えた直後に、ドアにノックの音がした。はじめに二回、そして呼吸ふたつぶんおいて三回。それがノックであると認識できるまでにしばらく時間がかかった。誰かがこの家の扉をノックすることがあるなど、僕には思いもよらないことだった。鼠ならノックなしでドアを開けるだろう——なにしろここは鼠の家なのだ。管理人なら一度ノックしてから返事を待たずにすぐにドアを開けるだろう。彼女なら——いや、彼女であるわけはない。彼女は台所のドアからそっと入ってきて、一人でコーヒーを飲んでいるだろう。玄関をノックするようなタイプではないのだ。

ドアを開けると、そこには羊男が立っていた。羊男は開いたドアにもドアを開けた僕にも大して興味はないといった恰好で、ドアから二メートルばかり離れたところに立った郵便受けを珍しいものでも見るようにじっと睨んでいた。羊男の背丈は郵便受けより少し高いだけだった。百五十センチというところだろう。おまけに猫背で足が曲がっていた。

それに加えて僕の立っている場所と地面の間には十五センチの差があったから、僕はまるでバスの窓から誰かを見下ろしているような具合になった。羊男はその決定的な落差を無視しようとするかのように、横を向いて熱心に郵便受けを睨み続けていた。郵便受けにはもちろん何も入ってはいなかった。

「中に入っていいかな?」と羊男は横を向いたまま早口で僕に訊ねた。何かに腹を立てているかのようなしゃべり方だった。

「どうぞ」と僕は言った。

（村上春樹『羊をめぐる冒険』）

広告代理店に勤める語り手の「僕」は、友人の「鼠」から送られてきた羊の写真を何の気なしに広告に使ったことから、右翼の大物に圧力をかけられ、写真に写っていた背中に星形の印のある謎の羊を探しに行くはめになる。写真に写っている場所を探して女友達と一緒に北海道まで行き、かつて「鼠」の父親のものであった別荘にたどり着いたとたんに、女友達は姿を消し、やがて「羊男」という謎の存在がやってくる。引用は、その羊男の来訪の場面です。

頭からすっぽり羊の皮をかぶった異様な風体の人物が突然訪ねてくる、それは人を驚愕させる体験のはずです。しかし、語り手＝主人公の「僕」がその瞬間に感じたであろう驚きは表現されていません。その代わりに、ノックの主が「僕」の知っている誰でもないはずだという、「僕」の判断が（かなり冷静に）語られ、すぐそれに続けて、羊男と対面した時の印象が、「僕」の視点から語られています。

ドアを開けてそこに羊男が立っていたという時、凡庸な物語なら、まず羊男の異様な風体を描写し、それから「僕」の驚愕した気持ちを表現しようとするはずです。しかし、ここでは、「僕」のほうを見ず郵便受けのほうを見ている羊男の姿が描写され、それから羊男の背の低さが郵便受けとの比較という形で語られています。

ここでは、見ている「僕」と見られている羊男との間にある決定的な落差から、羊男と「僕」との間に通常のコミュニケーションが成立しないであろうことが暗示されています。それと同時に、羊男の背の低さと、「僕」のほうから「見下ろすような」位置関係にあることによって、異様な風体にもかかわらず、羊男が「僕」を脅かすような存在ではないということも示唆されています。そしてそれらの印象はすべて、その場にいる「僕」の視点から羊男がとらえられている、ということと関係があります。

ノックの音に気づいた時の表現の仕方。地の文として提示される、「僕」の心の中での憶測。そして羊男を見下ろす視点の位置と、「た」止めの文の間にはさまった「百五十センチというところだろう」という現在形の推測。それらのすべてが、この場面での語りの視点が「僕」に一体化しているという印象を生み出しています。

ただし、その時「僕」が感じた驚きという核心的な部分が表現されていないため、そのような場合に起こるはずの、読者の意識が視点人物と一体化するような読みのメカニズムが発生しにくくなっていて、目は確かに「僕」に一体化しているのだが、「僕」が心の中で感じていることはよくわからない、そうした独特の印象が生み出されています。視点は一体化しているのに、心は一体化せず、「僕」の心は一種のブラック・ボックスになっているのです。

一般にこの作家の文体は（特に初期の作品では）、作中人物の内面を心理描写のような形で描くことが少ないため、クールで乾いた印象を与えます。語られる出来事も、ただ外側から描くというのではなく、出来事と読者との間を媒介する語り手がプリズムの役割をしていて、出来事がある種の変形を伴って伝わってくる、しかもそのプリズムの持つ性格がつかみにくい、そんな語りの特徴を持っています。そこに、クールでありながら親密でもあり、ちょっぴり知的で、かつ慎み深く思慮深そうに感じるという、この作家の文体の魅力があるのでしょう。

ちょっと話がそれましたが、こうした撮影カメラのズーム・イン、ズーム・アウトにも似た視点の移動が、物語の言説にはしばしば表われます。このような語りの視点の移動のことを、ここでは〈没入〉〈後退〉と呼ぶことにします。語りの視点が次第に出来事の現場に近づいていくのが〈没入〉で、反対に出来事の現場から遠ざかってゆくのが〈後退〉です。〈没入〉は、ただ近づいていくだけでなく、場合によっては、その場にいる作中人物の目と一体化し、作中人物の目を通して出来事を見るというところまで行くことがあり、そのような場合には、私たち読者もまた、自分がその人物に成り代わってその場に身を置いているような気分にさせられます。

このような語りの視点の移動が、読者を物語の中に引っ張り込む重要な仕掛けの一つなのです。

第十一講　録画と再生――語り口

芥川龍之介の『羅生門』は、冒頭の一文だけ、これまでにも何度か例文として使用しましたが、今回はもう少し先の方まで視野に入れて、物語にとってとても重要なこの冒頭部分の文章の組み立て方からどんなことがわかるのかを考えてみましょう。

A　或日の暮方の事である。一人の下人《げにん》が、羅生門《らしやうもん》の下で雨やみを待つてゐた。

B　広い門の下には、この男の外《ほか》に誰もゐない。唯、所々丹塗《にぬり》の剝げた、大きな円柱《まるばしら》に、蟋蟀《きりぎりす》が一匹とまつてゐる。羅生門が、朱雀大路《すぢやくおほぢ》にある以上は、この男の外にも、雨やみをする市女笠《いちめがさ》や揉烏帽子《もみえぼし》が、もう二三人はありさうなものである。それが、この男の外には誰もゐない。

C　何故かといふと、この二三年、京都には、地震とか辻風とか火事とか飢饉とか云ふ災《わざはひ》が続いて起つた。そこで洛中のさびれ方は一通りではない。旧記によると、仏像や仏具を打砕いて、その丹《に》がついたり、金銀の箔《はく》がついたりした木を、路ばたにつみ重ねて、薪《たきぎ》の料《しろ》に売つてゐたと云ふ事である。……

（芥川龍之介『羅生門』冒頭）

説明の便宜のために、原文の段落に、仮にＡＢＣと記号を付けておきました。

これは三人称で語られた物語の冒頭ですが、Ａではまず、「一人の下人が羅生門の下に立っていた」という出来事が語られています。この語りはじめの口調の意味するところを、語り手の立場から考えてみると、語り手はそこで話題にされるべき出来事を想起し、同時にそれを聞き手に向けてことばとして発していると考えることができます。つまりこのことばの中では、「一人の下人が羅生門の下に立っていた」という出来事を、語り手がある主観的な位置から知覚・把握しているという側面と、語り手がそれを聞き手に対して再現・伝達しているという側面とが重なりあって表現されているといえます。

語るという行為は、語り手が把握していることを聞き手に向かって伝えることを意味するので、一般に物語の地の文、つまり語り手のことばの中では、この二つの側面が常に重なりあって表出されていることになります。比喩的に言えば、語り手という存在は、出来事をキャッチする（想起する）という「録画機能」と、出来事を再現するという「再生機能」という二つの機能を同時に果たしているのです。ここでは、出来事をキャッチする（想起する）という機能を〈知覚性〉、出来事を再現するという機能を〈再現性〉と呼ぶことにします。

〈知覚性〉と〈再現性〉とは、語り手のことばの中に常に含まれているふたつの要素ですが、言説の部分部分で、〈知覚性〉の側面と〈再現性〉の側面とのどちらかによけいにウェイトがかかっているというような違いが生じます。このウェイトの置かれ方の違い、配分の違いを、言説に投影する〈語り口〉のニュアンスの違いと考えることにします。この〈語り口〉のニュアンスの違いは、当然読んでいる読者にも微妙に異なる印象を与えることになります。

先に掲げた『羅生門』の冒頭を例にとって説明してみましょう。

はじめのAの部分では、「一人の下人が羅生門の下に立っていた」という出来事を、〈物語世界〉のことをすべて把握している全知の語り手が、聞き手に対して説明して聞かせているというニュアンスが強く表われています。つまり、出来事を想起するよりは、聞き手に対して再現する方にウェイトが置かれていて、〈再現性〉が強い語り口だといえます。

それがBの部分になると、羅生門の下に立っている男を、語り手が観察していて、都のメイン・ストリートである朱雀大路に面している羅生門に、男のほかに誰も人がいないことをいぶかしがっているような語り方になっています。これは、語り手が今まさに目の前で進行していることのように出来事を観察して語っている口調です。Aの部分よりも、語り手が現在進行形で出来事を感じ取っているという、〈知覚性〉が強い語り口に変化している感じがします。

さらにCの部分になると、当時の京都の様子を、後の時代から概括的に説明している口調に変わっています。「旧記」などを持ち出して、まるで歴史家が語っているかのようなその口調は、いかにも物語的なAの口調とはやや異なるものの、やはり〈再現性〉の強い（〈知覚性〉が限りなくゼロに近づいている）語り口であるといえます。

つまり、この冒頭では、昔の出来事を語る物語的な口調（A）、下人と共にその場にいる語り手が実況中継をしているような口調（B）、歴史家が昔のことを説明しているような口調（C）というように、異なる語りの口調が代わる代わる現われているのです。そういう〈語り口〉が、出来事が「当時の眼」と「現代の眼」という複数の眼差しでとらえられているという印象を生み出しています。

このように、〈知覚性〉の強い語り口と、〈再現性〉の強い語り口とは、物語を語る過程で、必要に応じて切り換えたり混合したりしつつ、使用することができるわけです。

語り口における〈知覚性〉が強いということは、別の言い方をすると、語り手が出来事のほうをより強く意識している、つまり語り手の意識が出来事の方を向いているということを意味しています。一方、語り口における〈再現性〉のほうが強いということは、語り手が出来事をすでに充分に把握していて、それを伝える相手である聞き手のほうをより強く意識している、つまり語り手の意識が聞き手の方を向いているということを意味しています。

語り手の意識が出来事の方を向いている場合には、聞き手の役割を演じている読者の意識も、語り手の視線をたどって出来事のほうへと向かうことになります。場合によっては、前回の講義で述べたように、語り手の眼差しに導かれて出来事の現場に接近し、その場にいる作中人物の意識と一体化するというような読み方をすることが可能になります。こうした〈知覚性〉の強い語り口は、まさに出来事が起こっているその場に身を置いているような臨場感を感じさせるという意味では、大きな効果をもたらしますが、反面、出来事を対象化して客観的にとらえるような視座は得られにくいということにもなります。

『羅生門』のBの部分でいえば、語り手の顔が出来事のほうへ向けられているため、その場の状況は生き生きと伝わってきますが、下人を取り巻く歴史的状況のようなものは、ここからは感じ取ることができません。それで次のCの部分では、〈語り口〉を変えることで、下人を取り巻く歴史的状況の説明が補完されることになります。

反対に、語り手の顔が聞き手の方を向いている場合には、出来事が語り手のレベルでいったん整理されて聞き手に伝えられているので、情報の伝達が安定し、出来事も総体として整理された形で伝えられることになります。反面、出来事の現場とは切り離された感じになり、その場に引き込まれるような臨場感という側面は欠落することになります。Cの部分では、語り手が聞き手の方を向いて説明しているため、語られている出来事をめぐる大状況はよく理解できますが、反面、臨場感や生々しさといった側面は後退せざるをえません。

〈知覚性〉が強い表現と〈再現性〉が強い表現とは、聞き手＝読者に出来事を伝える上でそれぞれにメリットとデメリットを持っているわけで、優れた物語においては、それぞれの場面に応じてそれぞれの要素が最適な形で配合された〈語り口〉が選択されているはずです。

第九講で掲げた［図5］に、これまでに説明してきた、〈語りの場〉と〈物語世界〉との関係を左右する要因を付け加えて、もう一度整理してみましょう。

聞き手＝読者が出来事に対して感じる心理的距離という観点から見ると、語りの視点、語り口、語り手の存在感といった要素は、互いに連動しています。

語り手の視点が出来事の現場に近く、さらに出来事の方へ向いた〈知覚性〉の強い表現で語られていれば、聞き手＝読者は、自分の出来事との間の距離が短かいと感じることになります。反対に、語り手の視点が出来事の現場から遠く、かつ語り手が聞き手の方へ顔を向けて説明するような〈再現性〉の強い表現で語られていれば、聞き手＝読者は、自分と出来事との間の距離が遠いと感じるこ

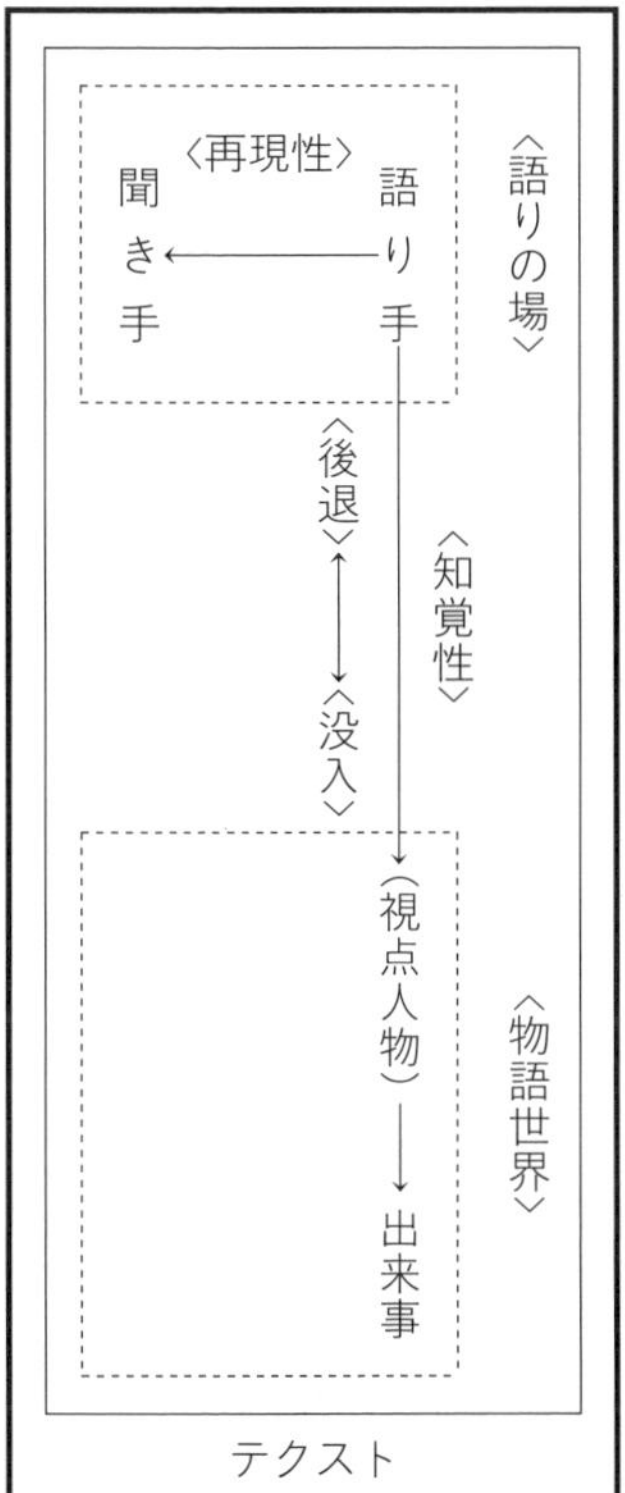

〔図5′〕

とになります。

即ち、語りの視点が出来事から遠かったり、〈再現性〉の度合いが大きかったりすれば、読者が〈物語世界〉との間に感じる心理的距離は大きくなるし、語り手という主体が読者と出来事との間に立ちはだかっているという感覚も強くなります。反対に、語りの視点が出来事に近かったり、〈知覚性〉の度合いが大きければ、〈物語世界〉との間に感じる心理的距離は小さくなるし、語り手という存在が〈物語世界〉との間を媒介しているということをあまり意識しなくてもよくなります。このことを図式化すれば、

［心理的距離・大］		［心理的距離・小］
視点・遠い	←→	視点・近い
再現性・大	←→	知覚性・大
語り手の存在感・大	←→	語り手の存在感・小

のようになります。

前にも述べたように、日本語の物語においては、こうした言説の性格の違いが個々の物語の語りの性格の違いとしてではなく、しばしば一つながりの文章の中での連続的な変化として表われます。一連の言説の流れの中で、語りの視点が近くなったり遠くなったり、〈再現性〉の強い語り口になった

り〈知覚性〉の強い語り口になったり、語り手の存在が前面に出てきたり消えてしまったり、というような変化が、日が照ったり翳ったりするような連続的な変化として生じるのです。

もう一度、先の『羅生門』の冒頭を見てください。「或日の暮方の事である」と、遠い昔の別世界のことのように語り始めた語り手が、Bの部分に入るといきなり、「広い門の下には、この男の外に誰もゐない」と、下人の身近にカメラをすえて実況中継でもしているかのような語り方に変化します。さらにBの中でも、はじめは「広い門の下」に立っている下人の姿をワイドにとらえていますが、次の文では「大きな円柱にとまっている一匹の蟋蟀」をクローズ・アップでとらえるというように、場面をとらえるカメラのズーム機能が操作されています。

この頻繁な〈語り口〉の変化によって、遠くから近くから、ワイドにまた局所的にと、場面の捉え方がとても立体的なものになっているということがわかります。

読者である私たちの立場からいうならば、言説の中で起こるこのような細かい変化を本能的に察知して、よいサーファーが波の変化をうまくつかまえて流れに乗るようにして言説を読み進めていくのが、上手な読み方だといえるでしょう。視点の移動や語り口の変化が極めてなめらかで連続的に行われるという日本語の特性に身を任せて、ことばの流れに乗っていけばいいのです。

言説の流れを追いながら、〈物語世界〉までの距離を感じつつ出来事を俯瞰的に把握したり、〈物語世界〉に〈没入〉していって、そこでの出来事を臨場感とともに味わったり、物語の読者はそうしたことを無意識の裡に行なっているはずです。そのような心の動きを通して、現実には存在しないはずの世界が、私たちの心の中に生き生きと立ち現われてくるのです。

最後に、『羅生門』という物語全体の言説のあり方に関して付け加えるならば、この物語の中では、今回の講義で説明してきたような〈語り口〉の変化がしきりに起こりますが、一方ではそれがとても整然と、規則的に行われているという感じがします。そのため、ことばの組み立て方はとても緻密で隙がないけれど、読んでいていかにも「計算されたテクスト」という印象を受けます。また、この冒頭部だけからもわかるように、語り口の切り替えがけっこう頻繁に行われるので、ことばの操作の仕方が「神経質なテクスト」という印象も受けます。

漠然と言われている、作家による文体の違いというものも、つまりはこうした具体的なことばの使い方に表われる個性の積み重ねの結果なのでしょう。

III　作中人物とことば

藪野健『僕の小学校』（栃木県立美術館蔵）

第十二講　虚構世界の住人――作中人物

物語の中に登場する人物のことを、作中人物（登場人物）と言います。「人物」という呼び方をしていますが、もちろん擬人化された動物でも、宇宙人でもかまいません。

物語のストーリーは、彼ら作中人物の行動や、口にしたことばを中心に進行していきます。大きな規模の物語になるほど、物語の中に登場する人物は多くなり、人間関係も複雑なものになります。『源氏物語』とか、マルセル・プルーストの『失われし時を求めて』ぐらいの長編になると、何度読み返しても、作中人物が相互にどのような関係にあるのか、すぐには思い出せないほどです。

物語の作中人物には、多くの場面に登場し、ストーリーの上で果たす役割が重要な人物と、それほどでもない人物、というような重さの違いがあります。ストーリーの中での役割が最も重要な人物は、ふつう「主人公」と呼ばれます。「主人公」に絡んだり支えたりする人物や、ちょっと出てくるだけのあまり重要でない人物は、演劇の用語を借りてそれぞれ「脇役」「端役」などと呼ばれたりします。

そんな呼び方はとりあえずどうでもいいことですが、私たち読者は、物語を読むときに、個々の作中人物の存在の重さに違いがあることを、無意識の裡に識別しながら読んでいます。その読者の意識の中での濃淡の違いは、それなりに意味のあることです。

極端な場合には、はじめて読んだ時にはほとんどその存在を意識しなかった人物が、二度目に読んだ時には、重要な役割をもった人物であることがわかる、というようなことも起こります。読むたびに、物語における人物の役割の重さが違って見えるということもまた、読者が受ける自然な印象なので、はじめての時の読みも「浅い」ととがめられる必要はないでしょう。

作中人物それぞれの間にある、もっと本質的な違いとしては、その人物がちゃんとした人格を持って物語の時間の中を生きている場合と、話題になるだけで、生きてそこにいる人格としては登場しない場合、というような違いがあります。

通常の作中人物との違いがわかりやすいのは、物語が始まった時点でもう死んでしまっていて、にもかかわらず現に〈物語世界〉を生きている人物たちに影響を与え続けているような場合です。

堀辰雄の『聖家族』(一九三〇年)という物語は、

死があたかも一つの季節を開いたかのやうだつた。

という一文から始まります。ここで「死」というのは、九鬼という小説家(芥川龍之介がモデルといわれていますの死を表わしていて、九鬼と交流のあった細木夫人とその娘、それに九鬼に私淑していた河野扁理（堀辰雄自身がモデルだといわれています）という青年が、九鬼の死後も九鬼の影を背負いながら生きていく様子が描かれています。この物語の人物関係は、いわば細木母娘と九鬼、扁理の四角関係によって成り立っているのですが、その中で九鬼だけがすでに死んでいて、〈物語世界〉を生きる人格としての実質を持っていないのです。

『源氏物語』の冒頭では、桐壺更衣のことを紹介するくだりで、更衣の父大納言という人のことが話題になります。

父の大納言は亡くなりて、母北の方なむいにしへの人のよしあるにて、親うち具し、さしあたりて世のおぼえはなやかなる御方々にもいたう劣らず、何ごとの儀式をももてなしたまひけれど、

［父の大納言はすでに亡くなっていて、ただ母北の方が、旧家の出で教養もあるので、両親がそろっていて、世間の評価も高いお后たちにもひどく劣るようなこともなく、宮中の行事の折にも対処していらっしゃったけれど］

この大納言という人は、物語が始まった時点ではすでに故人ですが、その遺言によって更衣の入内が実現し、ひいてはそれが更衣の悲劇的な死につながるなど、その後の物語の展開に重要な影響を及ぼし続けています。

外国の文学では、ダフネ・デュ＝モーリアの『レベッカ』（一九三八年。アルフレッド・ヒッチコック監督が、すばらしい映画にしています）における、夫の前妻のレベッカなども、物語が始まる時点ではすでに亡くなっているにもかかわらず、夫の再婚相手である主人公の結婚生活に暗い影を落とし続け、主人公を精神的に追いつめていきます。

このように、その人物はすでに故人であるにもかかわらず、その人の存在を意識せずには物語の展開を追うことができないという意味で、重要な存在であり続けるという場合がしばしばあります。

こうした故人である作中人物の場合は、生きている人物として一度も物語の場面に登場しないのだから、ちゃんとした作中人物とは呼べないだろう、という考え方もありうるかもしれません。しかし、物語のはじめのほうでは活躍していた人物が、途中で死んでしまって、後半はほかの人物の回想の中だけで登場するというような場合もあるので、生きている人物と死んでいる人物との間に明確に一線を引くことは難しいでしょう。

夏目漱石の『こころ』（一九一五年）における「K」のような場合も、かなり複雑です。主要な登場人物である「先生」の、若い頃に自殺した友人である「K」は、物語の冒頭、語り手である「わたし」と「先生」との交流が始まった時点では、とっくに死んでいる人間ですが、それでも「先生」の記憶に焼き付けられ、今でもその人生に暗い影を投げかけています。「先生」の手記の形で若い頃の出来事が回想される下巻では、「K」は「先生」と対等の作中人物であるといえますが、「わたし」の語りによって進行する上巻と中巻では、普通の意味での作中人物とはやや違った存在様態になっているると考えられます。

これらの例を参照すると、物語のストーリーが直接取り扱う時間の中に生きた人格として登場する作中人物だけが物語のストーリーを動かしているのではないらしいということが、だんだんわかってきます。物語が始まる時点ですでに死んでしまっている人物や、作中人物の間で話題になるだけで現実の場面には一度も登場しない人物にも、ストーリーを動かしてゆく力が備わっていると考えられるのです。

作中人物の意志や行動、人物同士の関係は、物語を動かしていく中心的な要素ですが、実際には登場しない人物にも物語を動かしていく力があるということになると、作中人物が〈物語世界〉を流れる時間の中で言ったり行なったりしたことだけが物語を動かしているのではないということになります。物語の時間の中での作中人物の言動を追いかけるだけでは、何が物語のストーリーを動かしているのかを完全に理解することはできないらしいのです。

では、何が物語を動かしていく主要な要因なのでしょうか。

ひと言で言えば、それは人物と人物との間の〈関係〉なのだと思います。作中人物たちはお互いに他の作中人物に配慮し、他の人物の思惑を忖度しつつ行動しています。またある人物の行動は、意識するとしないとに関わらず、他の人物に影響を与え、彼らの言動を規制することになります。個々の人物の〈物語世界〉における言動だけではなく、人物と人物との間にあるそうした目に見えない〈関係〉そのものに意味があるから、物語の場面に直接登場しない、すでに死んでいる人物や、単に話題にのぼるだけの人物でも、ストーリーに影響を及ぼすことがありうるのです。人物と人物との間の関係を作るという意味では、生きていようが死んでいようが、場面に登場しようがしまいが、そこに本質的な違いはありません。物語が始まった時点ではとっくに死んでいる故人のせいで、次々に連鎖反応的に事件が起こり、それがストーリーを構成していく、ということだってありうるのです。

ところで、先ほどから「主人公」ということばを不用意に使い続けています。物語を動かしていく、物語の中で一番大事な作中人物のことを、慣習的にそう呼んでいます。

ただし、「物語の中で一番大事」というのがどういうことなのかはかなり曖昧です。一般の人々の間でだけではなく、研究者と呼ばれる人々でも、「主人公」ということばを無造作に使っていますが、その使われ方を見ていると、

○もっとも多くの場面に登場する人物
○状況への影響力が大きい人物
○作者の分身と考えられる人物

○描写の視点をになう人物

等々といった、さまざまな異なる概念が渾然と一体になって、「主人公」という曖昧な概念を形作っているようです。

しかし、これらの概念にあてはまったとしても、個別に見ていくと、「物語の中で一番大事」な人物、ということとイコールであるといえるかどうか、かなり疑問です（シャーロック・ホームズ物語のワトソン博士は、語り手ですから最も多くの場面に登場すると言えるし、描写の視点人物でもあり、また医師であるなど作者コナン・ドイルの分身とも言える人物ですが、それでもワトソン博士はこの物語の「主人公」だといえるでしょうか？）。

「主人公」ということば自体は江戸時代から用例がありますが、もともとは「本尊」「座の中心を占めるもの」というほどの意味で、「物語の中の最も重要な人物」だとか「読者の共感を集める人物」といった意味合いで用いられるようになるのは明治になってからです。

十九世紀に西欧で盛行したロマン主義の芸術観においては、強い個性を持った人格が尊重されるようになり、そのような風潮の中で、文学作品を読む際にも、読者の共感を集める個性的な一人の作中人物を特権化し、その人物を「主人公」（hero または leading actor）として意識しつつ読むような読書法が生み出されました。

〈物語世界〉に「中心点」を求めるという意味では、誰が物語の「主人公」かを意識しつつ読むような読み方は、物語の一貫した主題は何であるのかを意識しつつ読むような読み方と一対の、十九世紀以降に発達した新しい読みのモードだと言えます。

しかし、実に大勢の人物が登場し、筋立ても複雑で、物語の時間も長期にわたるために、一人の作中人物を「主人公」と見なしてその人を中心に読むということがとうてい不可能なタイプの物語はたくさんあります。

曲亭馬琴の『南総里見八犬伝』（一八四二年完結）は、我が国でも屈指の長編物語です（その分量は『源氏物語』の二倍以上といわれています）。里見家の姫君伏姫《ふせひめ》と、飼い犬八房《やつふさ》との間に生まれた子供とも言うべき八犬士（いずれも名前に「犬」の字がついています）が成長し、その活躍によって、里見家が危難から救われるという話ですが、こんなおおざっぱな要約ではとうてい伝えられないほど、長大で入り組んだストーリーを持った物語です。

八人の犬士を中心とする大勢の登場人物のうちの誰が主人公なのかと問われても、答えることはとうてい不可能です。この物語に描かれているのは、因果の糸に導かれた人々の離合集散、あるいは勧善懲悪といった理念によって動いていく〈人の世〉そのものだと考えられるのです。

こうした「中心点のなさ」は、前近代の物語の特徴というわけではありません。

近代以降に書かれた物語で、長大な構想を持った物語というと、たとえば作者の実家をモデルに、幕末から明治にかけての時代の移り変わりと、家の消長を描いた島崎藤村の『夜明け前』（一九三五年完結）なども思い浮かびますが、ここでは個人的な趣味で、北杜夫の『楡《にれ》家の人々』（一九六七年）をあげておきましょう。『楡家の人々』は、作者の生家である斎藤家三代の歴史を素材にした物語です（実在する生家の歴史に取材しているという点では、『夜明け前』と共通するものがありますが、北杜夫は、「家族の歴史」を描くという発想を、おそらくトーマス・マンの長編『ブッデンブローク家の人々』から得ています）。東京の青山に大きな脳病院を設立した楡基一郎という人物を起点に、その婿養子の徹吉（歌人の斎藤茂吉がモデル）の代、さらにその子供の代に至るまで、病院をめぐる一族の多くの人物の姿が生き生きと描かれ、大正から昭和にかけての三十年以上にわたる長い年月が、物語の中で経過します。

こういう性格の物語は、すべての作中人物を俯瞰的にとらえることもできるし、誰か一人に人物に感情移入して読むことも可能でしょう。個々の人物に対してどのような心理的距離をとるのかは、読者の自由に任されています。

『楡家の人々』には、楡基一郎の三女の「桃子」という娘が出てきます。気位が高くお家大事な姉たちと違い、無邪気でおてんばで、自由恋愛に憧れる、かわいいお嬢さんです。

この作品を読んだ三島由紀夫が、作者の北杜夫に、「桃子といふ少女は、何といふ可愛い、魅力のある少女でせう。小生はこの子が可愛くてたまらず、どうか彼女が将来不幸にならぬやうにと祈らずにはゐられない」と感想を書き送ってきたそうです（北杜夫『人間とマンボウ』）。三島由紀夫というと、思想的にも肉体的にもマッチョなイメージを持たれている人物ですが、「桃ちゃんが可愛くてたまらない」というのも本音で、三島という人の心の核の部分には、案外そういうナイーヴなところがあったのではないかという気がします。

『楡家の人々』はこんなふうにどのように楽しむこともできる、とてもスケールの大きな物語ですが、堅苦しい文体で書かれてはいません。ユーモアたっぷりの軽妙な文章なので、「長い作品は苦手」という人も、ぜひ一度手に取ってみてください。

話を元に戻しましょう。ここにあげたのは、一人の人物や一つの事件が中心となっているのではなく、もっと雄大なスケールと複雑な筋立てを持った物語の例です。登場する個々の人物というよりは、一つの世界、あるいは国家や家族の歴史そのものが主人公であるような物語というものも存在しうるのです。

これらのような、長い歴史的時間を扱い、大勢の人物が登場する、スケールの大きな物語のことを、「大河小説」と呼ぶことがありますが、「主人公」が誰なのかを決めた上で読まなくても、こうした長大な物語を楽しむことはできるのですから、誰が物語の「主人公」なのかという問いかけは、物語を読み進める際には必ずしも必要ではありません。

「主人公」や「主題」といった「中心点」を探し求めつつ読み進めるような読み方は、〈近代〉という時代が生んだ一つの読書傾向のようなものですが、物語は近代以前からの長い伝統を引き継いでいることばによる創作で、そうした近代的な文学観に収まりきらないところに、むしろ豊かな達成があると考えるべきでしょう。

第十三講　「こいさん、たのむわ」――会話

物語の中での、作中人物の会話（発話）について考えてみましょう。

次に掲げるのは、太宰治の『走れメロス』の中の、メロスとディオニス王との会話の場面です。

「この短刀で何をするつもりであつたか。言へ！」暴君ディオニスは静かに、けれども威厳を以て問ひつめた。その王の顔は蒼白で、眉間の皺は、刻み込まれたやうに深かつた。

「市を暴君の手から救ふのだ。」とメロスは悪びれずに答へた。

「おまえがか？」王は、憫笑した。「仕方の無い奴ぢや。おまへには、わしの孤独がわからぬ。」

「言ふな！」とメロスは、いきり立つて反駁した。「人の心を疑ふのは、最も恥づべき悪徳だ。王は、民の忠誠をさへ疑つて居られる。」

（太宰治『走れメロス』）

ここでのディオニス王とメロスとの会話は、人の心を信じることが可能かどうかをめぐるやりとりで、このあとのメロスの命を賭けた約束にストーリーをつなげていく、大事な場面です。

複数の人物が登場する以上、物語の中で彼らがお互いにことばを交わす場面があるのは当たり前とも言えますが、そもそもこうした作中人物の会話の場面はなぜ必要なのでしょうか。

会話は作中人物の一種の行為で、かつ誰がどういう趣旨のことを言ったという出来事として、出来事の連鎖によって構成されるストーリーの一部を担っています。このストーリーを展開させるということが、会話のもっとも重要な役割の一つですが、それ以外にも、会話がはたしている様々な役割がありそうです。

ここでのメロスのことばを読むと、そこからはメロスの一途で単純な性格が浮かび上がります。つまり会話には、発話者である作中人物の性格や人柄、あるいは心理状態などを表現するという働きがあることがわかります。

またメロスは、人を殺すことを何とも思っていない王の前で、真正面から王の批判をしているのですから、「こんなことを言ってしまって、このあとメロスはどうなるのか」と、読者はハラハラしてしまいます。二人を取り巻いている兵士らが、王とメロスとのやりとりを固唾を呑んで見守っている様子も、目の前に浮かんできます。会話には、読者の心理に影響を与え、発話が行われる場の状況や雰囲気を実感させる働きもあるわけです。

以上に述べた、

(a) ストーリーを展開させる
(b) 作中人物の性格描写
(c) 場面の雰囲気の表現

などは、いずれも会話文（あるいは会話の場面）が持つ重要な働きです。会話文に多くの重要な働きがあることを前提とした上で、それでは、物語にとって会話文はなくてはならないものなのかどうかを、改めて問うてみましょう。

ここにあげた、ストーリーの展開や作中人物の性格描写等は、地の文の形でも行うことができるはずです。この一連の講義のはじめに定義したように、物語が「出来事の推移の記述」であるとすれば、会話や心内語を用いなくても、出来事を記述することは可能なはずです（「あらすじ」にする時には、会話や心内語は省略されますが、物語としての骨格は保っています）。つまり、「出来事の推移の記述」という最低限の条件からすれば、会話や心内語は物語にとって不可欠の要素というわけではないということになります。

前にもいくつかの話を例文として取り上げましたが、岩手県遠野地方に伝わる伝承に取材した、柳田国男の『遠野物語』の中には、人物の会話が出てこない話がいくらもあります。第五講や第十講で取り上げた話もそうで、第五講では、佐々木嘉兵衛という猟師が山奥で不思議な女に遭遇したという事件が語られていますが、そこには登場人物同士が会話を交わす場面はありません（嘉兵衛さん以外に、会話を交わすべき相手が登場しません）。この話は、

嘉兵衛さんが不思議な女に出会った。

←女を鉄砲で撃った。

←女は倒れた。

←嘉兵衛さんは女の黒髪を切り取って懐へ入れた。

←帰る途中で眠り込んでしまった。

というように、嘉兵衛さんの行動の連鎖を中心に、話が組み立てられています。

人物や場面の雰囲気を描写することへの関心が薄く、ひたすら事件（出来事）そのものを語ることに主眼がおかれていることが、こうした語りのあり方に結実しています。出来事を語ることに主眼がおかれ、細かい描写への関心が薄いというのは、口承の伝承の語り口にありがちなことで、一種の語

りの古代性の表われだとも言えるでしょう。

逆に言えば、作中人物の会話を通して、人物の性格を描写したり、場面の雰囲気を伝えたりするというやり方は、書かれた物語において発達したテクニックだということになります。

では、人物の描写と人物相互の関係に重点が置かれている近代の物語では、会話はなくてはならないものなのでしょうか？

会話というもののない物語として、たとえば佐藤春夫の『西班牙犬の家』（一九一五年）などが思い浮かびます。

語り手である「私」がフラテという愛犬を連れて散歩をしている途中、林の中にある不思議な西洋館に出くわす、という出来事を述べた短編ですが、ストーリーらしいストーリーはなく、ただ神仙譚風の雰囲気を描き出すところに主眼がおかれている小品です。ちょっとその本文を引用してみましょう。

> 打見たところ、この家には別に庭という風なものはない様子で、ただ唐突にその林の中に雑つてゐるのである。この「林の中に雑つてゐる」という言葉はここでは一番よくはまる。今も言つた通り私はすぐ目の前でこの家を発見したのだからして、その遠望の姿を知るわけにはいかぬ。また恐らくはこの家は、この地勢と位置とから考えて見てさほど遠くから認め得られようとも思へ

ない。近づいてのこの家は、別段に変つた家とも思へない。ただその家は草屋根ではあつたけれども、普通の百姓家とはちよつと趣が違ふ。といふのは、この家の窓はすべてガラス戸で西洋風な造へ方なのである。

（佐藤春夫『西班牙犬の家』）

こんな感じの文章で、雑木林の中に突然現われた不思議な家が描写されていきます。なにしろ「私」と犬のフラテ、それに西洋館に住んでいる不思議な黒犬しか登場しないので、作中人物同士の会話というものが成立しません。ただ物語の最後で、「私」が立ち去ったと思った黒犬が、「ああ、今日は妙な奴に駭かされた」と人間の声で言ったような気がした、とあるのが、独り言ですが、作中で唯一の発話と言えば言えます。それだけに、このひと言は作中人物（黒犬）の発する肉声として新鮮で、このひと言とともに黒犬が急に黒服の老人に変身するという印象的な結末が生きてくるのです。

このような物語の語り方は、語り手「私」の視点から不思議な場所の風景を描写する、その情景描写が生み出す雰囲気そのものが主眼になっているような物語だから成り立つものだと言えるでしょう。その不思議な浮世離れした雰囲気は、佐藤春夫が親しんでいた中国の神仙譚や、エドガー・アラン・ポーあたりの幻想小説の影響とが融合したものでしょうが、小品だからこそ成り立つ物語のあり方で、この調子で長い物語を書いていくことはちょっとしんどいかもしれません。

ある程度の長さを持ちながら、作中人物が交わす会話というものがいっさいない物語を想像すると、理論的にはありうるのかもしれないけれど、なんだか物足りないような気もしますね。

逆に、豊かな会話の場面の例として、谷崎潤一郎の長編『細雪』（一九四八年）の冒頭を見てみましょう。

「こいさん、頼むわ。——」

鏡の中で、廊下からうしろへ這入って来た妙子を見ると、自分で襟を塗りかけてゐた刷毛を渡して、其方は見ずに、眼の前に映つてゐる長襦袢姿の、抜き衣紋の顔を他人の顔のやうに見据ゑながら、

「雪子ちゃん下で何してる」

と、幸子《さちこ》はきいた。

「悦ちゃんのピアノ見たげてるらしい」

——なるほど、階下で練習曲の音がしてゐるのは、雪子が先に身支度をしてしまつたところで悦子に掴まつて、稽古を見てやつてゐるのであらう。悦子は母が外出する時でも雪子さへ家にゐてくれれば大人しく留守番をする児であるのに、今日は母と雪子と妙子と、三人が揃つて出かける

と云ふので少し機嫌が悪いのであるが、二時に始まる演奏会が済みさへしたら雪子だけ一と足先に、夕飯までには帰つてきてあげると云ふことでどうやら納得はしてゐるのであつた。

（谷崎潤一郎『細雪』冒頭）

『細雪』は、阪神間に住む美しい三姉妹（実際には四人姉妹ですが、長女は東京に住んでいて、この物語にはちょっとしか出てきません）を中心に、三女雪子の縁談や、末娘妙子の非行など、家庭に起きる様々な事件を描いた傑作です。

四人姉妹の次女幸子が、妹の雪子と妙子とともに演奏会に出かける支度をしているこの場面から、物語は始まります。悦子（悦ちゃん）は幸子の娘で、置いて行かれることに不機嫌になっているので、叔母の雪子はぎりぎりまでその相手をしてなだめている、という状況ですが、なにしろ物語が始まったばかりなので、初めて読む読者にはそんな人物関係はまだはっきりとはわかりません。

でも、幸子と妙子（こいさん）とが、はんなりとした船場ことばでやりとりする場面にいきなり放り込まれると、私たちはどういう状況かにとまどいつつも、女系家族らしい一家の家庭の、白粉や香水の匂いがいつもうっすらと漂っているような、もの柔らかな空気に触れたみたいな気がして、うっとりしてしまいます。

作中人物の会話がもたらす、こうした性格描写の力、場面表現力などは、やはり近代の物語にとってはとても大切なものです。この『細雪』の冒頭場面についていえば、そこからかもしだされる香気が、物語全体の印象を決定しているといってもいいほどです。作中人物同士の間でとり交されることばが、またそのことばづかいが持っている、物語の空間を構築していく力には、絶大なものがあるというべきです。

先に述べたように、作中人物のやりとりには、作中人物の人柄を伝えたり、場面を生き生きと感じさせたりする効果があるわけですが、それ以上に、人間の声や、やりとりの呼吸の持っている魅力がじかに伝わってくるところが、会話の大きな魅力になっています。会話をする際の表情やことばづかい、ことばのテンポや呼吸などは、話されることの内容とはまた別に、聞き手の生理的な感覚に訴えかけてきます。文字になった会話は、その作中人物がどのような声の持ち主であるかを伝えることができません。が、読者は物語を読みながら、それぞれのことばを発している人がどういう声の持ち主であるのかを、無意識の裡に想像しています。

抜き衣紋になって襟を塗りながら、背後にいる妙子に向かって、「こいさん、頼むわ。――」と呼びかけている幸子。それは短い発話ですが、子持ちの、でもそれほどの年配でもない、上流階級の婦人の、外出前の華やぎと張りつめた気分、一緒に暮らしている姉妹への日常的な一体感から来る甘え、などがつまった声として、読者の耳に心地よく響いてきます。この生き生きとした会話に触れることで、読者は幸子に対して、あたかも以前からよく知っている人であるかのような親近感を抱いてしまうのです。

作中人物の会話は、物語の中で様々な重要な機能を担っていますが、そうした機能的な側面ばかりではなく、声を介して、読者の肉体的、生理的な感覚に直接訴えかけてくるという意味でも、「読みの快感」につながる大切な表現です。

第十四講　ことばの境界――区切り記号

誰でも知っているように、語り手のことばである地の文の中には、作中人物が話すことばである会話文や、作中人物が心の中で思っていることを表わす心内語が散りばめられています。

もっとも地の文も、語り手という主体が語っている一種の会話文だと考えられなくはありません。冒頭に一行だけ、「以下は誰それが語ってくれた話である」と書いてあり、それ以降の本文の大部分は一人の語り手のことばから成り立っているような物語を想像してみれば、読んだ時の印象としては、本文のほとんどの部分は地の文として感じられるはずですが、本当は最初の一行だけが本来の地の文で、あとの大部分は「誰それ」という一人の作中人物の会話文だと解釈することもできるはずです。

また、先に取り上げた『藪の中』のようなテクストは、複数の人物の証言によって成り立っていますが、それらは地の文なのでしょうか、会話文なのでしょうか。それぞれの証言が会話文だとすると、この物語には地の文は存在しないのでしょうか。

こういうことを考えてくると、地の文と会話文との違いは、分布的な違い（同じ平面の上に違う色の部分があるような対等の関係）ではなく、ある言説の中に異質な言説が埋め込まれているような、位相的な違いであることがわかります。ある部分の表現が、地の文なのか会話文（あるいは心内語）なのかは、相対的な判断になる場合があるのです。

ちょっと歴史的に遡って考えてみましょう。

平安時代に仮名で書かれた物語にも、もちろん会話文は出てきます。次は、『竹取物語』の翁がかぐや姫に向かって結婚を勧める場面に出てくることばです。

「我が子の仏、変化《へんげ》の人と申しながら、ここら大きさまでやしなひたてまつる心ざしおろかならず。翁の申さむこと、聞きたまひてむや」

［いとしい我が子よ、変化の人とはいっても、こんなに大きくなるまで養い申し上げた私の愛情は、並々のものではありません。これからこの翁がいうことを、聞き入れてくださいますか？］

翁はかぐや姫に結婚を勧めることばを、こういう言い方で切り出します。下手に出ているような、でも「これまで育ててやったんだから」という恩着せがましさもにじませているようなことば遣いが、翁の人物描写にもなっていて、結婚したくないかぐや姫との間でこのあと展開されるやりとりに、微妙な翳を投げかけています。

この翁のことばの直前の地の文は、「翁、かぐや姫にいふやう」で、すぐ後は「といへば」なので、「翁がかぐや姫に言うことには、「引用部分」と言うと」という書き方になっています。この形式だと、間に挟まれた範囲が翁のしゃべったことばだということがはっきりとわかります。地の文と会話文とが、きちんと区別できているのです。

ところが、このあと百年ぐらい経って『源氏物語』が書かれる時代になると、奇妙な現象が出てきます。次に示すのは、『源氏物語』の若紫巻の一節です。

すこし立ち出でつつ見わたしたまへば、高き所にて、ここかしこ、僧坊どもあらはに見おろさるる。ただこのつづら折の下に、同じ小柴なれど、うるはしうしわたして、きよげなる屋、廊などつづけて、木立いとよしあるは、何人の住むにか、と問ひたまへば、御供なる人、これなん、なにがし僧都のこの二年籠もりはべる方にはべるなる。心恥づかしき人住むなる所にこそあなれ。あやしうも、あまりやつしけるかな。聞きもこそすれ、などのたまふ。

「少し戸外へ出てあたりを御覧になると、ここは小高いところで、あちらこちらの僧坊がすっかり見通せる。ちょうどこのつづら折の道の下に、同じ小柴ながらきちんと結いめぐらして、こざっぱりした建物や廊などをめぐらせて、木立もとても風情があるのは、どういう人が住んでいるのか」と（源氏が）お尋ねになると、お供の者が、「これは、なにがし僧都がこの二年ほど籠もっております所だそうでございます」「ご立派な方が住んでいるところなのだね。我ながら、あまりに身をやつした恰好で来たものだ。私のことをお聞きになったら困ったことになる」などとおっしゃる」

北山に病気の治療に来た光源氏が、僧坊の一角に、若紫の君が滞在している建物を発見して、供人と会話を交わす場面です。活字のテクストでは会話の範囲を示すカギカッコがつけられていますが、原文にはカギカッコはないので、原文通りカギカッコのない形で掲げてみました（現代語訳の方にはカギカッコがつけてあります）。

引用のはじめは、小高い所から見下ろしている光源氏の眼差しに沿った地の文ですが、そのまま読んでいくと、「と問ひたまへば」という表現が出てきて、「あれ？」と思わせられます。地の文だと思って読んでいるうちに、いつのまにか光源氏が供人に尋ねることば、「何人の住むにか」（どういう人が住んでいるのか？）という会話文になってしまっているのです。そこにははっきりとした境界はなく、地の文がそのまま会話文に連続的に流れこんでいると見るほかはない形になっています。

そのあともわかりにくくて、「御供なる人」に続く部分が、光源氏の問いに対する供人のことばだということはわかりますが、その供人のことばは「はべるなる」で終わり、「心恥づかしき人」からはまた光源氏のことばになっていきます。つまり別々の作中人物の発話が続けて書かれているわけですが、原文のようにカギカッコがないと、ぱっと見ただけではそういうことばの流れだということはわかりにくいのではないでしょうか。

この箇所だけではなく、『源氏物語』の中には、地の文から会話文に流れこんでいったり、逆に会話文から地の文に連続的に戻ってみたり、というような書き方になっているところがときどき出てきます。このような書き方は、『竹取物語』のような初期の物語には逆にあまり見られないので、文章の書き方が未熟なせいではなく、『源氏物語』の時代あたりに意識的に開拓された方法らしいのですが、英語のような外国語で書かれた物語ではこういう現象は起こらないはずなので、問題は、日本語で書かれた物語においてなぜこのような書き方が可能なのか、というところにあります。

昔の人は、地の文だとか会話文だとか、そんなことをあまり気にせずに適当に書いたり読んだりしていたのだ、というようないい加減な説明ではもちろん済まされません。昔の人だって、もしかしたら現代の私たち以上に真剣に物語を読んでいたはずで、地の文か会話文かも気にせず、誰が発話しているのかもちゃんと把握せずに読んでいたなどということはありえません。第一そんな読み方では、書かれていることを理解することができないでしょう。

繰り返し述べているように、地の文は形式上は語り手のことばです。そして、会話の部分は作中人物のことばです。ということは、地の文と会話文とが連続しているということは、語り手のことばと作中人物のことばとが連続しているということを意味しています。語り手が作中人物として一人称で語っているのでないかぎり、そういう表現は無理なはずです。また、語り手と作中人物とが一致している一人称の場合にも、語り手が属している〈語りの場〉と、作中人物が属している〈物語世界〉とは異なる場のはずなので、〈語りの場〉における発話と〈物語世界〉における発話とが連続しているということは、実況中継のようにリアルタイムで眼前のことを語っているという場合を除いてはありえないことのはずです。

このような不思議な文章についての私の考えを述べると、こういう文章を書いている〈作者〉は、筆を持った書き手というよりは、聞き手に向かって語りかけている語り手を演じているのだと思います。語り手として、小高い所から眼下の僧坊の情景を見下ろしている光源氏の姿を語っているうちに、語る主体はいつしか光源氏と一体化し、光源氏自身の目と心を通して情景を眺めはじめています。語り手と光源氏とが一体になっているために、語り手として語っていたはずのことばが、「……木立いとよしあるは、何人の住むにか」と、供人に尋ねる光源氏のことばにそのまま移行していくのでしょう。

つまり、書く行為が語り手の〈声〉に還元されてゆくという物語行為の古代性と、語り手（主体）と作中人物（客体）とが必ずしも明確に分離しないという日本語の特性が媒介しあって、このような言説のあり方を可能にしているのだと考えられます。

そうだとすれば、地の文が会話文に連続していくというような現象は、「語るように書く」という仮名物語の性格と、日本語（やまとことば）が本来持っている特性とを突きつめていくことによって出現した、高度な技法だということになります。

レベルの異なる言説を無造作に繋いでしまう混乱した書き方と見なされかねない仮名文のこうした筆法が、逆に大きな効果に結びついていると思われる例を挙げておきましょう。

日たくるほどに起きたまひて、格子手づから上げたまふ。いといたく荒れて、人目もなくはるばると見わたされて、木立いとうとましくもの古りたり。け近き草木などはことに見どころなく、みな秋の野にて、池も水草に埋もれたれば、いとけうとげになりにける所かな、別納の方にぞ曹司などして人住むべかめれど、こなたは離れたり。けうとくもなりにける所かな。さりとも、鬼なども我をば見ゆるしてんとのたまふ。

［日が高くなるころにお起きになって、格子を手ずからお上げになる。たいそう荒廃して、人影もなく遠くまで見わたされて、木立はとても気味悪いほど老い朽ちている。間近なところの草木などはことに見所もなく、すっかり秋の野のようで、池も水草に埋もれているので、とても気味悪い感じになってしまったところだな、別棟の方に部屋などをしつらえて、人が住んでいるようだけれど、こちらからは離れている。「気味悪い感じになってしまったところだね。

それでも、鬼などがいたとしても、私のことは見逃してくれるだろう」とおっしゃる」

『源氏物語』の夕顔巻、光源氏が夕顔と呼ばれる女性をなにがしの院という廃院に連れ出し、一夜を過ごした翌日の場面です。本文の方はやはり原文通り、カギカッコを付けないままの形で掲げてあります。

光源氏は荒れ果てた邸宅の様子を昼の光の中で見わたしながら、「こんな荒れ果てた所には鬼が棲むと昔から言われているが、たとえ怪しい物が棲みついていたとしても、私のことは大目に見てくれるだろう」と傲慢なことばを口にします。それがこのあとの物の怪に襲われるという事件の呼び水になっていくわけですが、カギカッコのないこの本文を見て、地の文と会話文、心内語とがどういう関係になっているかわかるでしょうか。

冒頭の、光源氏が手ずから格子をあげたという記述は地の文で、それに続く荒れ果てた庭園の情景の描写が、庭を眺める光源氏の目を通して語られている、つまり語り手と光源氏とが半ば一体化していることはわかりますね。

ところがそれに続けて、「いとけうとげになりにける所かな」(とても薄気味の悪い感じになってしまった所だな)という地の文らしくないことばが出てきます。ここからは光源氏のことばになったのかな、と思うと、そのあとはまた「別納の方にぞ」云々と地の文らしき情景描写が続き、それから

「けうとくもなりにける所かな」という、前とほとんど同じ表現がまた出てきます。ここは「とのたまふ」とあるので、光源氏が口に出して言ったことばであることは確かです。地の文と光源氏のことばの境界がわからず、しかも同じような表現が繰り返し出てくる、いかにも変な文章に感じられます。ここは現代の注釈書でも「奇妙な文章だ」と匙を投げているところなのですが、先に検討した日本語の特性を生かした表現ということから見れば、全然おかしくはないのです。

地の文を語っている語り手は、語っているうちに、作中人物である光源氏と一体化し、光源氏の目を通して、目の前にある荒れ果てた庭園の情景を描写していきます。いま目の前に見ている情景を描いている実況中継のような描写は、「池も水草に埋もれたれば」から、さらに「別納の方にぞ〜こなたは離れたり」へと連続していきます。その間にはさまっている「いとけうとげになりにける所かな」が一見落ち着かないようですが、これは、庭園の情景を眺めやりつつ光源氏の心の中に浮かんだ感想が、前後の描写と並行する形で間に挿入されているのだと考えられます。語り手が光源氏と一体化していることによって、光源氏の目に映っている情景と、そのとき光源氏が心の中で思い浮かべていることとが、同時に、並行的に表現されているのです。

そのあとにもう一度出てくる「けうとくもなりにける所かな」というのは、最初に心の中に浮かんだ感想を、今度は改めて口に出して言ったのです。まず心の中で思い浮かべた感想を、そのあとすぐに口に出しているのだから、同じような表現になるのは当然です。

このように読むと、変な文章どころか、なにがしの院に身を置いている光源氏の姿が、周囲の状況と、光源氏自身の内面との両方の側から立体的に描き出されている、とても優れた表現であることがわかります。読者である私たちも、半分ぐらい自分が光源氏になったような気持ちで、荒れ果てた邸宅に女と二人きりでいる青年の心の弾みと、同時に彼が感じている心細さとを、生き生きと実感することができるのです。

句読点やカギカッコといったような区切りの符号を使い始める以前の日本語の文章では、このような高度な文章表現を工夫することが可能でした。しかし、江戸時代以降になると、出版される書物の中で、〽▲等の様々な区切り記号を用いて、地の文と会話文とを区別することが行われるようになっていきます。それはおそらく、書物が商品として流通するようになった結果、高い教養を持たない読者にも理解しやすい本文が要求されるようになったということと関係があるでしょう。このころから漢字に振り仮名（ルビ）を振ることが普及するのも、同様の背景による現象だと思われます。

さらに明治以降になると、西欧の小説が翻訳されるようになり、西欧の文章が用いている引用符号（クオーテーション）やカンマ、ピリオドなどの影響を受けて、カギカッコや句読点のような区切り符号を用いることが、物語文の中でも次第に一般化していきます。

それは、日本語の物語の言説が、語り手の発話と作中人物の発話、外界の描写と人物の内面の表現との区別を明確化するような方向に進んだということを意味しています。そのような区切り記号の整備によって、言説の帰属が明確になり、物語はある意味で読みやすいものになりました。その反面、『源氏物語』の文章に見られるような表現効果の重要な部分を欠落させることにもなったのです。

第四講で取り上げた『春琴抄』の本文では、句読点やカギカッコが極力省略されていましたが、これは作者の谷崎潤一郎が、近代の物語文がこうした表現効果の可能性を切り捨ててしまったことに気づいており、『源氏物語』の時代の和文が持っていた表現の可能性を取り戻そうとしたことに由来する試みであると考えられます。

近代以降の物語でも、よく観察すると、会話の範囲を表わす記号はカギカッコだけではなく、「――」(ダッシュ)を付けたり、単に改行して何字分か下げたりというように、様々なやり方が工夫されています。一口に会話といっても、そこには多様な意味合いがあり、地の文との多様な関係があるわけです。

カギカッコという、わかりやすいけれど単純な記号は、地の文の中での作中人物のことばが持つ多様なニュアンスを表わす記号としては、どうやら不完全なものであるようです。

第十五講　揺れ動く心——心情の表現

作中人物が心の中で感じていること、考えていることをどのように表現するかは、物語を創作する上での難しい課題です。心の中で起こっていることは、本来、他人にはうかがい知れないことだからです。また、心の中の思いは混沌としていて、そもそもことばに置きかえることが難しいという根本的な問題もあります。

記述の方法としては、とりあえず〈全知視点〉の語り手を設定すれば、すべての作中人物の心の中を透視するように自由に表現することは可能になります。次の文章は、〈全知視点〉による作中人物の内面描写の例です。

「やつぱり菜穂子さんだ。」思はず都築明は立ち止りながら、ふり返つた。
　すれちがふまでは菜穂子さんのやうでもあり、さうでないやうにも思へたりして、彼は考へてゐたが、すれちがつたとき急にもうどうしても菜穂子さんだといふ気がした。

（堀辰雄『菜穂子』冒頭）

堀辰雄（1904-1953）は、西欧小説に見られるようなロマン性を日本の文学風土に根付かせようと試みた人ですが、病弱なせいもあって、あまり長い作品は残しませんでした。『菜穂子』（一九四一年）はその代表作で、近代フランスの小説のような精緻な心理描写を特徴とする作品です。

この冒頭では、都築明という青年（詩人の立原道造がモデルだと言われています）の心理が、語り手によって描写されています。彼は、すれ違った女性が、彼が知っている菜穂子と印象が違ったため、その人であるかどうかしばらくためらっていたというのですが、作中人物へと読者の関心を引きつけると同時に、都築明という内向的な青年の心の動きの特徴を捉えた、すぐれた導入です。このような精細な心理描写は、近代の物語の一つの生命線でもあります。

作中人物の心情の表現の仕方には様々な方法がありますが、いろいろな例を見ていて感じるのは、日本語で書かれた物語では、地の文と作中人物の心の中の思いとが意外な〈近さ〉を持っているらしい、ということです。

また古い時代の物語の例になりますが、『源氏物語』の中に見える次の場面を取り上げてみましょう。御法巻の一節で、自分の死期の近いのを感じた紫の上が、仏事に参集した女性たちをながめつつ、心中ひそかに別れを告げる場面です。

年ごろかかるものの折ごとに、参り集ひ遊びたまふ人々の御容貌ありさまの、おのがじし才ども、琴笛の音をも、今日や見聞きたまふべきとじめなるらむ、とのみ思さるれば、さしも目とまるまじき人の顔どもも、あはれに見えわたされたまふ。（中略）さすがに情をかはしたまふ方々は、誰もひさしくとまるべき世にはあらざなれど、まづ我独り行く方知らずなりなむを思しつづくる、いみじうあはれなり。

［長い年月、こうした催しの折ごとに参集して、管弦の遊びをなさる方々のお顔・お姿が、またその才能や音曲の音なども、今日が見聞する最後の機会になるのではないかとばかり（紫の上は）お感じになるので、いつもなら目のとまるはずのない人の顔までも、しみじみと見わたされなさる。（中略）さすがに心を通わせあっていらっしゃる方々（＝源氏のほかの妻たち）に対しては、誰もがいつまでもこの世に留まっているわけではないことはわかっているけれど、まず自分一人がどこへともしれず消え去ってしまうのかと思いをめぐらせると、しみじみと悲しみが迫ってくる］

ここで特に注目したいのは、引用の末尾の「いみじうあはれなり」という表現です。

これは、光源氏の妻という共通の立場でつながっている女性たちに、ひそかに別れを告げる紫の上の心情を表わす表現なので、「しみじみと悲しみが迫ってくる」と訳してみましたが、このことばはただ紫の上の心情を表わしているだけの表現ではありません。この部分の語り手は、半ば紫の上と一体化していて、そのため、そこにはこの場面全体を俯瞰している語り手の情意が重なっているように感じられます。そのような観点から見ると、この「いみじうあはれなり」は、「そう感じている紫の上の心情には、とてもあわれなものがある」というように訳すこともできるでしょう。

ここでの「いみじうあはれなり」という情意の表現は、場面全体を俯瞰している語り手の心情のようでもあり、場面の中にいる紫の上の心情のようでもあるという、曖昧で重層的な表現なのです。しかし、このような箇所は、英語やフランス語に翻訳する場合には、複数の主体の情意が重層しているという形のままでは訳せないので、「紫の上は（自分の命が残り少ないことを）哀しいと思った」というように、紫の上の心情の表現に一元化せざるを得ないようです。主語がなく、かつ時制の表現も明確ではない和文の性格が、このような曖昧で含みの多い表現を可能にしているのです（このあたりのことについては、中山眞彦さんの『物語構造論』（岩波書店刊）という著作がとても参考になります）。

複数の主体の情意が重層しているような表現を可能にしている理由については、主語や時制の概念が明確でないということのほかに、日本語の形容辞の持つ独特の特性も大きく関わっています。大切なところなので、しばらく文法的な説明におつきあいください。
一般に、形容詞の仲間はふたつのグループに分けられます。一つは「高い・低い」とか「大きい・小さい」とか、「赤い・青い」のような、対象の持っている属性を形容することばで、もう一つは、「うれしい」「悲しい」「楽しい」「寂しい」のような主体の心情を形容することばです。ふつう、前者のグループを「状態性形容詞」といい、後者のグループを「情意性形容詞」といいます。
単純にいえば、「状態性形容詞」は対象即ち客体を形容することばで、「情意性形容詞」は主体の内面を形容することばです。主語が「私」だったら、主体が話題になっているので、情意性形容詞を用いて、

私は悲しい。

といえますが、主語が「彼」の場合には客体が話題になっているので、

彼は悲しい。

とは言いにくくなります。状態性形容詞なら、三人称の主語でも、

クジラは大きい。

のように、客体（対象）の持っている属性を表現する言い方として使用することができます。

私は（身体が）大きい。

とも言えますが、この場合の「私」は「私について言えば」という意味なので、「主語」と言えるかどうかはちょっと問題があります。

さて、形容詞の二種類の性格について説明しましたが、形容詞がこの二つのグループにきれいに分かれるわけではありません。

たとえば、「あやし」というのは古文によく出てくる形容詞ですが、もともとは神秘的な現象を前にして畏怖やとまどいを覚える感情を表わすことばで、なにかをいぶかしく思う心の状態を表わす情意性の形容詞だと考えられます。

「なぞ、あやし」と御覧ずるに、院の御文なりけり。（源氏物語・横笛巻）

［「どうしたのだ、変だね」と（源氏の君が）御覧になると、朱雀院からのお手紙なのであった」

出家した女三の宮の所に、父朱雀院から贈り物の筍《たけのこ》が届けられます。そこへやって来た光源氏が、筍を載せるための器物が女三の宮の傍らに置かれているのを見て、いつにないことなので「奇妙だな。

いったいどうしたのだろう」と思ったというのが、傍線部の「あやし」で、光源氏のけげんな気持ちを表わすことばです。

では、次の使い方はどうでしょうか。

「花の名は人めきて、かうあやしき垣根に咲きはべりける」（夕顔巻）

［「花の名前は人のようでございますが、このような粗末な垣根に好んで咲く花でございます」］

乳母の家の隣家の垣根に咲いている白い花を見て、光源氏が「あれは何の花だろう」と独り言を言ったのに対して、随身が答えたことばです。ここでの「あやしき垣根」というのは、「粗末な垣根」「みすぼらしい垣根」とでも訳すべき使い方です。

では「あやし」には、「不思議だ・奇妙だ」という意味あいと、「粗末だ・みすぼらしい」という意味あいとの、二つの別の意味があるのかというと、そういうわけではありません。場末の人家の垣根などは、身分の高い貴族からすると見慣れていない、馴染みのない対象なので、こうした対象を「あやし」と表現したことから、「粗末だ」「みすぼらしい」と訳せるような用法が派生したもので、つまりは本来情意性形容詞であることばが、対象の属性を表わす状態性形容詞としても用いられているわけです。

このような使い方は、決して珍しいことではなく、「あやし」という形容詞に限られたことでもありません。現代語でも同様なことは見られ、たとえば「さびしい」は本来は心情を表わすことばですが、「さびしい色合いだ」というようなときには、「色合い」という対象の属性を表わす表現に近づいています。

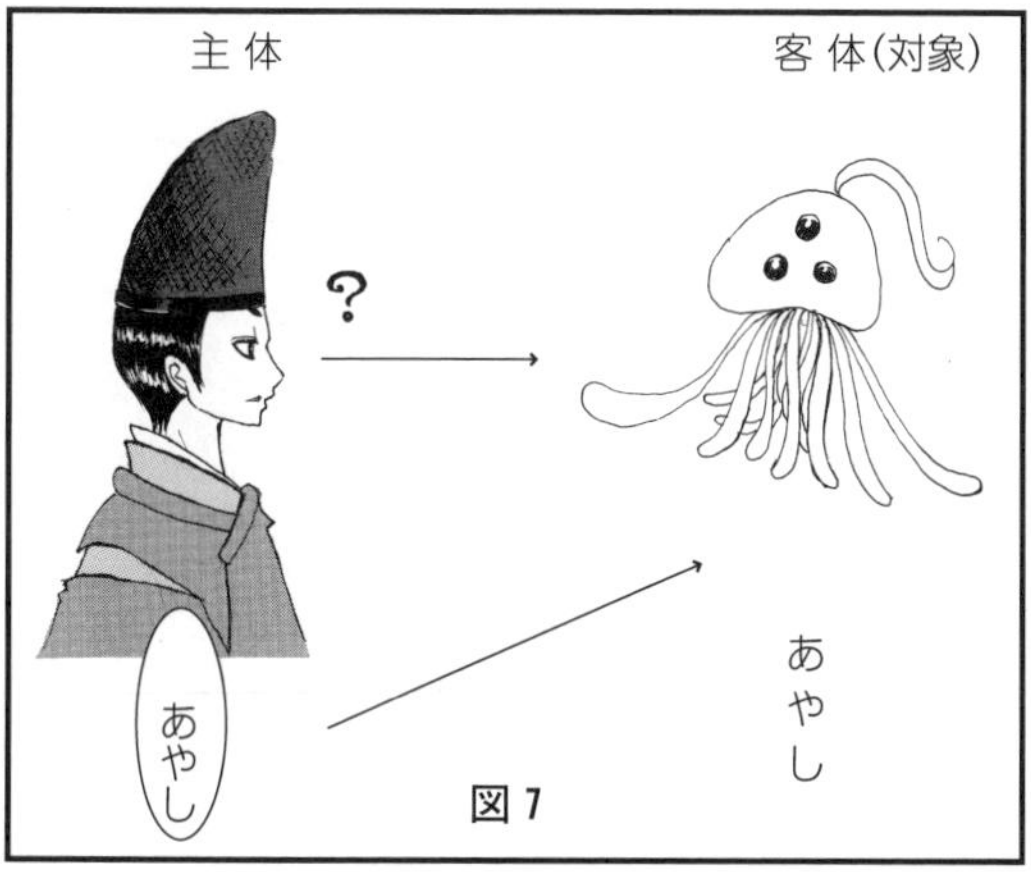

図7

主体の心情を表わしているのか、客体の属性を表わしているのかは、本来まったく別のことのはずですが、「見ている主体をそのような気持ちにさせる対象だ」ということで、主体の情意と客体の形容とがしばしば地続きに表われてしまう、日本語という言語にはそのような特性があります。図式的に表わすと、上のような関係になります。

しかも日本語は、英語やフランス語と違って、「誰が、そう感じているのか」という主体をはっきりさせなくても表現が成り立つ言語です（第八講を参照してください）。

物語の言説において、語り手（語っている主体）の意識が、作中人物（語られている対象＝客体）としばしば一体化し、そこに表現されているのが語り手の意識なのか作中人物の意識なのかがはっきりわからなくなるのは、一つにはこのような理由によります。日本語の物語は、そのような言語としての特性を活用して、〈語りの場〉と〈物語世界〉との関係の曖昧さを逆手にとって、場面にリアリティを与えたり、読者に生き生きとした印象を伝えたりするというような表現効果を生み出しているのです。

次にあげるのは、川端康成の『山の音』（一九四九年）の一節です。

枕もとの雑誌を拾つたが、むし暑いので起き出して、雨戸を一枚あけた。そこにしやがんだ。月夜だつた。

菊子のワン・ピイスが雨戸の外にぶらさがつてゐた。だらりといやな薄白い色だ。洗濯物の取り入れを忘れたのかと信吾は見たが、汗ばんだのを夜露にあててゐるのかもしれぬ。

「ぎやあつ、ぎやあつ、ぎやあつ。」と聞える鳴声が庭でした。左手の桜の幹の蟬である。蟬がこんな不気味な声を出すかと疑つたが、蟬なのだ。

（川端康成『山の音』）

視点人物である「信吾」は初老の男性で、「菊子」は信吾の息子の嫁です。信吾夫婦と息子夫婦とは同居しているのですが、息子たちは夫婦生活がうまくいっていない。信吾はその責任が息子のほうにあると思っており、優しい嫁の菊子に同情しています。

信吾と菊子との間には、どうやら義父と嫁という関係を超えた情愛が芽生えているようで、従ってこの場面で干しっぱなしになっている菊子の「ワン・ピイス」を見やる信吾の眼差しには、性的な意味合いが含まれていると見なければなりません。

「月夜だつた」という表現は、普通に地の文として読めば、語り手が「雨戸の外は月夜だった」と説明していることばのように読めるかもしれません。しかし、このあとに続く、「だらりといやな薄白い色だ」とか、「汗ばんだのを夜露にあててゐるのかもしれぬ」とか、「蝉なのだ」等の表現は、純粋な地の文というよりは、信吾という人物の内面のことばのように感じられます。つまり、このあたりの文章は、語り手のことばであるのか、作中人物の内面のことばであるのかが曖昧なまま進行しているので、そういう文脈の中に置いてみれば、「月夜だつた」とか「菊子のワン・ピイスが雨戸の外にぶらさがつてゐた」というような文も、地の文としての意味の上に、作中人物の心情が重なっているように読めてしまうのです。

西欧の小説の言語の影響で、近代日本の物語では、発話主体である語り手と、対象である作中人物を明確に切り分けようとする傾向が強くなってきます。

語り手の地のことばと、作中人物の内面のことばとが重層的に表われた言説に代わって、近代の物語に頻出するようになるのは、作中人物の内面を、カギカッコのような記号を用いず、直接地の文の一部として書き表わすような表現法です。

それを聞いて王は、残虐な気持で、そつと北叟笑《ほくそゑ》んだ。生意気なことを言ふわい。どうせ帰つて来ないにきまつてゐる。この嘘つきに騙された振りして、放してやるのも面白い。さうして身代りの男を、三日目に殺してやるのも気味がいい。人は、これだから信じられぬと、わしは悲しい顔して、その身代りの男を磔刑に処してやるのだ。世の中の、正直者とかいふ奴輩にうんと見せつけてやりたいものさ。

（太宰治『走れメロス』）

「そっと北叟笑んだ」までは地の文ですが、「生意気なことを言ふわい」からは、王が心の中で思ったことがそのまま書かれているので、地の文ではありません。そこから最後の「見せつけてやりたいものさ」までは、カギカッコに括ってもかまわないのです。

しかし、カギカッコで括ると、

「生意気なことを言ふわい……」と、王は心の中で考えた。

という表現と同じになり、ただ地の文の中の引用を表わす記号（「付加節」）である「と考えた」が省略されたもの、という印象が強くなります。カギカッコをはずすことで、語り手のことばを読んでいるという印象から読者は解放され、作中人物の心とじかにつながっているという感覚を持つことができるようになります。近代の小説において、こうした表現法が多用されるようになった理由は、そのあたりにあるはずです。

そもそも物語とは語り手が語っているように装って書くものでしたが、近代になり、言文一致と呼ばれる方法で物語が書かれるようになると、語り手が顕在化することをなるべく避けようとするようになり、〈物語世界〉を一つの独立した世界として観察しているように書こうとする傾向が強くなります。

その結果、作中人物が心の中で思ったことを、内的独白の形で直接「地の文」化させて提示するという書き方が発達しました。そこには、一人称の言説と三人称の言説とが決定的に異なる形式というわけではなく、たやすく越境できるという日本語の性質も作用していたのでしょう。

作中人物の心の中は、カギカッコに入れて示してもかまわないし、ダッシュ（——という記号）のような記号を使って示すこともできます。それぞれの表現法には微妙なニュアンスの違いがあり、それらを併用することも可能です。

そのようにして、近現代の物語では、語り手のことばと作中人物のことばを様々なやり方で関係づけ、読者に提示する方法を模索してきたのです。それは、出来事を語るという物語の枠組みの中で、作中人物が心の中で何を感じ、どう考えていたかを読者に伝えるということが、とても重要な部分だと考えられていたからです。

第十六講　キーツじゃなくて、シェリーだ――引用

今ではあまり見られなくなりましたが、昔は、誰かの有名なことばや、文学作品の中の一節を引用しながら話すということは、特に教養のある人々の間では、とても大事な社交の技術でした。現代でも、欧米諸国などでは、たとえばアメリカ大統領の演説などのような公的なスピーチの中では、先人のことばを効果的に引用することが、洗練度を高める必須の技術と考えられています。

ウイリアム・ワイラー監督の映画『ローマの休日』（一九五三年公開）の中で、オードリー・ヘップバーン扮する王女様が、薬にもうろうとして詩の一節を暗唱し、「キーツよ」と言うのに対して、新聞記者のグレゴリー・ペックが「違う、それはシェリーだ」と訂正する場面がありますが、ロマン派の代表的な詩人であるキーツ（1795–1821）やシェリー（1792–1822）の詩の一節ぐらいいつでも暗唱できて、それが会話に必要なスパイスとして重要だった時代があるのですね（ヨーロッパでも、近年は詩への関心が薄れつつあるそうですが）。

平安時代の文章の中から、有名な例を一つだけあげてみましょう。

雪のいと高う降りたるを、例ならず御格子まゐりて、炭櫃《すびつ》に火おこして、物語などしてあつまりさぶらふに、（中宮）「少納言よ。香炉峯《かうろほう》の雪いかならむ」と仰せらるれば、御格子上げさせて、御簾を高く上げたれば、笑はせたまふ。……

（『枕草子』）

［雪がとても高く降り積もっている時に、いつになく御格子を下ろしたままで、炭櫃に火をおこして、（私たちが）世間話などをしながら集まっていると、（中宮様が）「少納言よ。香炉峯の雪はどんなかしら」とおっしゃったので、すぐに御格子を上げさせて、御簾を高く巻き上げたところ、おかしそうにお笑いになる。……］

中宮定子が清少納言に向かって話しかけたことばは、『白氏文集』の中の有名な詩句、

遺愛寺の鐘は枕を欹《そばだ》てて聴き、香炉峯の雪は簾を撥《かか》げて見る

［遺愛寺鐘欹枕聴　香炉峯雪撥簾見］

の引用です。白居易の詩句の意味を踏まえつつ、「格子を下ろしたままでは香炉峯の雪が見られないじゃないの。↓寒いからといって引きこもっていないで、格子も御簾も上げて、雪景色を鑑賞したらどうなの？」と促したのです。清少納言はとっさにその意図を察して、御簾を巻き上げて雪景色が見えるようにしたという話で、「香炉峯の雪」という引用の意図がすみやかに通じ合うところに、中宮

と女房である清少納言との息の合ったところが表われています。

このように、作中人物が話すことば、即ち会話文の中で、先行する作品の一節を引くということは、平安時代の貴族社会では日常的に行なわれていたし、物語の中にも頻繁に出てきます。

ことばの合間に文学作品の引用を織り込む一種の会話術は、現代ではあまり見られなくなったと述べましたが、知的な会話のあり方としては、決して忘れ去られてしまったわけではありません。近現代の物語においても、作中人物の会話の中ではしばしば見うけられます。

次にあげるのは、村上春樹の長編『海辺のカフカ』（二〇〇二年）の一節で、カーネル・サンダーズという謎の人物と、ホシノ君というトラックの運転手との会話です。

「それにおじさんはカーネル・サンダーズの格好に、キャラクターがうまくあっているような気がするよ」

「私にはキャラクターなんてものはない。感情もない。『我今仮に化をあらはして話るといへども、神にあらず仏にあらず、もと非情の物なれば人と異なる慮あり』」

「なんですかい、それは？」

「上田秋成の『雨月物語』の中の一節だ。どうせ読んだことはあるまい」

「自慢じゃないけどありませんね」

「今私は仮に人間のかたちをしてここに現れているが、神でもない仏でもない。もともと感情のないものであるから、人間とは違う心の動きを持っている。そういうことだ」

「はあ」と青年は言った。「よくわからないけど、とにかくおじさんは人でもないし、神でも仏でもないんだね」

「『我もと神にあらず仏にあらず、只これ非情なり。非情のものとして人の善悪を糺し、それにしたがふべきいはれなし』」

「わからないなあ」


（村上春樹『海辺のカフカ』）

ここでカーネル・サンダーズ氏が引用しているのは、上田秋成の『雨月物語』（一七七六年）の中の『貧福論』という短編の一節で、吝嗇な武士の夢に現われた黄金の精霊が、武士に向かって語ることばです。カーネル・サンダーズ氏は、自分は神でも仏でもなく一種の現象のようなものにすぎない、ということをホシノ君に対して説明するために、黄金の精霊が自らを規定することばを引いています。『貧福論』の中での黄金の精霊のことばは、全体としてみると、金銭は善か悪かというような道徳を超越した自立的な原理によって動くものであるという、一種の経済思想になっています。アメリカ型資本主義経済の申し子のような、ケンタッキー・フライドチキンのシンボル、カーネル・サンダーズ氏（もちろん、この物語に登場するカーネル・サンダーズ氏は、ケンタッキー・フライドチキンの生みの親であるカーネル・サンダース氏とイコールではありませんが）がこのようなことばを口にするところに、アイロニカルな面白さが感じられます。

ここでの『貧福論』からの引用は、おそらくカーネル・サンダーズという作中人物の性格描写になっているというよりは、この物語が、なぜカーネル・サンダーズなどという既成の商標的なイメージを持った人物を登場させなければならないのかということにつながる問題です。この物語には、ほかにもジョニー・ウォーカーという名前の人物も登場しますし、一方の主人公であるカフカと呼ばれる少年をはじめとして、作品以前の既成のイメージを背負ったキャラクターがたくさん登場します（ナカタさんとホシノ君というコンビの名前にも、そうしたキャラクター的イメージが投影しているかもしれません）。

ナカタさんとホシノ君とは、開いてしまった入り口の石を閉じるために旅をしています。カーネル・サンダーズ氏という、普通の人間ではないらしい謎めいた存在は、二人を援助する役割を持ったキャラクターとして登場します。そのカーネル・サンダーズ氏が『貧福論』の一節を引いて自らの存在様態を説明してみせるこの場面は、作中人物に与えられているキャラクター的イメージがこの物語の構造とどのようにつながっているのかという大事な問題に関わるものなので、単なる会話のレトリックとして読み過ごさないようにしたいところです。

先行作品の引用は、もともとはこうした会話における知的な技巧から始まったと考えられますが、早い段階で、物語の地の文の中にも見られるようになります。『源氏物語』の地の文の中には、和歌のことばの引用が無数に出てきます。

須磨には、いとど心づくしの秋風に、海はすこし遠けれど、行平《ゆきひら》の中納言の、関吹き越ゆると言ひけん浦波、夜々はげにいと近く聞こえて、またなくあはれなるものはかかる所の秋なりけり。

（源氏物語・須磨巻）

［須磨には、たいそう心づくしの秋風が吹き、海は少し遠いけれど、行平の中納言が、「関吹き越ゆる」と言ったという浦波が、夜ごとに本当に身近に聞こえて、このうえもなくあわれなものは、このような所の秋なのであった］

失脚して須磨へ流離した光源氏が、かの地で秋を迎えたことを述べた部分ですが、この範囲には傍線部の二箇所に和歌の引用が見られます。アは、

木の間よりもりくる月の影見れば心づくしの秋は来にけり

（古今集・読み人知らず）

イは、

旅人は袂《たもと》涼しくなりにけり関吹き越ゆる須磨の浦風　（続古今集・在原行平）

という和歌を踏まえています。イのほうは、「行平の中納言の、～と言ひけん」という形になっていて、語り手が和歌を引用していることが明示されている表現になっていますが、アのほうは、完全に地の文に溶けこんでいるため、和歌の知識が乏しいと引用であることに気づかないほど、さりげない形での引用になっています。

イの歌の作者である在原行平については、『古今集』に、

田村の御時に、事にあたりて津の国の須磨といふ所にこもりはべりけるに、宮の内にはべりける人につかはしける　在原行平朝臣

わくらばに問ふ人あらば須磨の浦に藻塩たれつつわぶとこたへよ

という有名な歌があり、何かの罪で須磨に引きこもっていたことがあったとされています。人々の記憶の中にある、こうした在原行平の経歴は、光源氏の境遇に重なる感じがします。

このように、一首の歌の引用でも、ただ引用されたことばが表現している内容だけでなく、その歌の背後にある様々な情報が読者の記憶を喚起し、読みの上に影響を及ぼすようにしつらえられているのが、おもしろいところです。

古典の研究では、このような古歌を踏まえた表現法のことを「引歌《ひきうた》」と呼んでいますが、いたるところにこのような和歌の引用が見られるのが、古い時代の物語の特徴です。

そうした引用にまみれた物語を読んでいると、まるで記憶の中にある古歌や故事の膨大なストックそのものが物語を紡ぎ出しているように感じることがあります。物語と和歌、和歌と和歌というように、作品同士がネットワークのようにつながっているのです。作品同士が互いにリンクを張っているようなところがある古典世界における引用は、カーネル・サンダーズ氏が『貧福論』の一節を引用して自分のことを説明しようとするのとは、だいぶ質の異なる問題のようにも思われます。

謡曲（能）という、中世に発達した演劇がありますが、謡曲は知識人の間で演じられ、鑑賞される芸能として発展したため、鑑賞するためには古典に関する豊富な教養が求められます。そのために、謡曲の詞章などでは、古歌や有名な詩句、物語の本文を組み合わせて地の謡が成り立っていることが多く、さながら引用の綴れ織りのような様相を呈することもあります。次に掲げるのは、謡曲『浮舟』の一節で、『源氏物語』の宇治十帖に登場する女性、浮舟の亡霊が、不幸な身の上を語り始める部分です。傍線を施した箇所はすべて、『源氏物語』の本文か、有名な古歌を踏まえた表現になっています。

さなきだにいにしへの　さなきだにいにしへの　恋しかるべきア橘の　小島が崎を見わたせば　イ川

より遠の夕煙　立つ川風に行く雲の　後より雪の色添へて　山はウ鏡のかけまくも　かしこき世々
にありながら　なほエ身をうぢと思はめや　なほ身を宇治と思はめや。（謡曲『浮舟』）

ざっと見ただけでも、アは浮舟が匂宮にともなわれて川を渡る際に詠む歌、

橘の小島の色はかはらじをこのうき舟ぞゆくへ知られぬ

を踏まえているし、イの部分もそれに続く、匂宮が浮舟を「川より遠なる人の家」に連れて行こうとしたという本文を踏まえており、『源氏物語』の原文を意識しつつ綴られています。ウも、

かけまくもあやにかしこし皇神祖《すめろき》の神の大御代に……（万葉集・巻十八　大伴家持）

のような和歌の慣用句だし、エは『百人一首』で有名な、

わが庵は都のたつみしかぞ住む世をうぢ山と人はいふなり（古今集・雑下　喜撰法師）

によっています。

このような詞章においては、古典という形で蓄積されたことばの記憶に全面的に寄りかかり、それらを生き生きと浮かび上がらせることに関心が注がれていて、表現のオリジナリティなどということ

はまったく問題にされていないということがわかります。何かを書く、表現するということは、ある意味では新しいことばを紡ぎ出すのではなく、既成の表現を反復することにほかなりません。そのことに昔の人はとっくに気づいていたのかもしれません。

こうした歴史的背景を踏まえて考えると、物語の中で先行作品のことばを引用することは、単なるレトリックや、スパイスのきいた表現というようなレベルを超えた、物語の創造の根本に関わる問題なのだということが、少しずつ見えてくるようです。

新しい物語は、過去の膨大な物語（や和歌）に支えられて生まれてくるし、読者の側も様々な物語（や和歌）とのつながりを想起しながら読むことが、豊かな読みにつながっていくのです。「引用」する権利は、作者だけでなく読者にも与えられているのだと考えると、物語を読む際の自由度が格段にアップすると思います（引用と読みとの関係については、第二十講でまた触れる予定です）。

Ⅳ　テクストの内／外

ジョルジュ・デ・キリコ『街角の神秘と憂鬱』（個人蔵）

第十七講　テクストを開く鍵――コード

暗号を解読するための鍵のことを、コード（code）と言います。これこれの記号で、これこれのことば（あるいは文字）を表わすことにしておきましょう、という約束事のことです。たとえば、□という記号が「あ」という文字を表わすことに決めておけば、□△○……というような、一見無意味な記号の羅列が、普通の文章として読めるようになるわけです。

つまりコードとは、具体的な意味のあることばやイメージを、記号的に変換する作業、あるいはその際に用いられる記号そのもののことを言います。

「イヌ」ということばで「ワンと吠える哺乳動物」を指し示すことにする、というのも一種の約束事ですから、個々のことばが意味を持つということ自体が一種のコードに基づいているともいえます。

しかし、ことばの第一義的な意味、辞書的な意味は、普通コードとは呼びません。メッセージの中で、辞書的な意味を超えた副次的な意味が与えられている場合に、「コード的な意味を持つ」と言い表わすのがふつうです。「イヌ」=「ワンと吠える哺乳動物」というのは、まさに辞書に載っているようなことばの意味ですが、「幕府のイヌめ！」などという時には、「イヌ」＝「公権力の手先、スパイ」という意味で使っていて、コード的な意味に一歩近づいていると言えます。でも、「イヌ」＝「公権力の手先、スパイ」という使い方も、あらかじめ多くの人々に共有されているという意味では、まだ辞書に載っていてもおかしくない、公的意味であるかもしれません。「イヌ」ということばに、発信者と受信者との間でしか通用しない、その場限りの特別な意味を与えたら、それは完全にコード的な使い方だということになります。

物語の文章の中にも、そのような暗号にも似たことばの使い方がしばしば見られます。そうしたことばの表現するところを正しく理解することは、文学のことばを読み解く上でとても大切なことです。

物語に見られるコードを、ここでは「文化的・社会的コード」と「テクスト固有のコード」とに分けて考えてみます。

1　文化的・社会的コード

特定の文化、社会の中で広く共有されている解読規則のことをいいます。我が国の場合、和歌の中で使われる歌語がその典型です。

ひさかたの光のどけき春の日にしづ心なく花の散るらむ

（古今集・紀友則）

「花」ということばは、英語で言えばflowerにあたる単語で、いろいろな花を指すことができるはずですが、『古今集』時代以降の和歌の中でただ「花」といえば、多くの場合「桜の花」を指しています。和歌の中で「何々の花」と断らず、ただ「花が散る」という表現が出てきたら、桜の花が散る様をイメージする必要があるのです。先の紀友則の歌を見て、「この花は何の花だろう。春の花だからチューリップかしら？」などと想像してしまったら、和歌を味わうことはできません。

そのほか、和歌の中で「露」ということばが使われたら、それは「涙」の隠喩であるなど、古典和歌の世界では、多くのことばが独特の「文化的・社会的コード」に基づいて使われています。

次に、物語の中での例をあげてみます。

芥川龍之介の『羅生門』の中では、「にきび」ということばが四回使われています。

(ア) 下人は七段ある石段の一番上の段に、洗ひざらした紺の襖《あを》の尻を据ゑて、右の頬に出来た、大きな面皰《にきび》を気にしながら、ぼんやり、雨のふるのを眺めてゐた。

これは冒頭の、失職した下人が途方に暮れつつ羅生門の下で雨がやむのを待っている場面ですが、ここで下人の右の頬に大きな「にきび」があることが述べられています。

「にきび」は、今でも「青春のシンボル」などといいますが、できものの名称というだけではなく、「若さ（→可能性、未熟さ）」というプラスマイナス両面の属性を表わすことばでもあります。

「にきび」ということばの持つイメージは、『羅生門』のこの場面でも、下人の置かれている状況と響きあっていて、彼の無力さと、彼の中に秘められている潜在的な暴力性とを暗示するものとなっています。下人の「にきび」に触れられるあと三つの場面を、順にあげてみます。

(イ) 楼の上からさす火の光が、かすかに、その男の右の頬をぬらしてゐる。短い鬚《ひげ》の中に、赤く膿を持つた面皰《にきび》のある頬である。

これは、下人が楼上の怪しい気配に気づいて、階に足をかけて階上の様子をうかがっている場面です。

(ウ) 下人は、太刀を鞘におさめて、その太刀の柄《つか》を左の手でおさへながら、冷然として、この話を聞いてゐた。勿論、右の手では、赤く頬に膿を持つた大きな面皰を気にしながら、聞いてゐるのである。

これは、死人の髪を抜いていた老婆を取り押さえたあと、老婆の弁明を聞く場面です。

(エ)　老婆の話が完ると、下人は嘲るやうな声で念を押した。さうして、一足前へ出ると、不意に右の手を面皰から離して、老婆の襟上《えりがみ》をつかみながら、噛みつくやうにかう云つた。
「では、己が引剝《ひは》ぎをしようと恨むまいな。己もさうしなければ、餓死をする体なのだ。」

これは最後の用例で、(ウ)のすぐあと、老婆の釈明を聞いて、自らも他人から物を奪い取ってでも生き抜こうと下人が決意する瞬間です。

(ア)と(エ)ではただ「大きな面皰」「面皰」とだけあるのに対して、間にはさまった(イ)と(ウ)では、「赤く膿を持つた」「赤く頬に膿を持つた」と述べられています。この「赤く膿を持つた」という表現は、若さ、未熟さのシンボルである「面皰」の中に秘められている潜在的なエネルギー、暴発の可能性を感じさせるものです。

もう一つ、注意したいことは、(ア)では下人のいる場所は羅生門の下で、(イ)では梯子の中段で、というように、「にきび」に触れられる時には、下人は常に一種の〈境界〉に身を置いているということです。羅生門は京都の条里と都外の空間とを区切る門で、梯子は言うまでもなく、羅生門の一階部分と上層部分とを繫ぐ回路です。

(ウ)はそういう〈物理的な境界〉ではありませんが、老婆の弁明を聞きつつ判断を保留したまま心が揺れているという意味では、下人は一種の〈心理的な境界〉にあるといえます。

生きるべきか死ぬべきかの〈境界〉で揺れていた下人は、㊁すなわちこの物語のクライマックスの場面で、どんな悪事を働いてでも生き抜いてやろうと決意します。その瞬間に、㋒までは「大きな面皰を気にしながら」のように、意識下で気になるものとして描かれていた「にきび」が、「不意に右の手を面皰から離して」と、意志の力で切り捨てられるものとして描かれることになるのです。

この四箇所出てくる「面皰」の描写に注目することで、暴発の可能性を秘めながら、〈精神的な境界〉に身を置いて判断停止の状態にあった下人が、引剝ぎをしてでも生き抜こうと決断するという、物語の骨格が明瞭に浮かび上がってきます。

「にきびを気にする」あるいは「にきびから手を離す」という行為には、この物語だけに見られる特別な意味、コード的な意味が与えられていると言えるでしょう。「にきび」が若さのはらむ可能性と未熟さの象徴であるという「文化的・社会的コード」を踏まえつつ、その一般的な意味の上に重ね合わせるようにして、『羅生門』という物語の中だけで成立する「テクスト固有のコード」が発生しているということになります。

「文化的・社会的なコード」は、その物語の背景が理解できていれば、意味するところは自然に決定されますが、この「にきび」の場合のように、単なる文化的な約束事を超えた特別な意味がそこに重ねられていることも多いので、注意して読みとる必要があります。

2　テクスト固有のコード

「文化的・社会的コード」が、特定の文化、社会の中で広く共有されているものであるのに対して、個々のテクストの文脈において発生する固有の解読規則のことをいいます。

先に述べたように、物語の〈叙事〉にあたる部分には、ストーリーの流れを構成する〈叙述〉の部分と、作中人物や物語世界の状況・様態に関わる〈描写〉の部分とがあり、そのどちらの部分に関しても、コード的なことばは使用可能です。そこで、「テクスト固有のコード」を、ストーリーの流れに関わる情報として読者に解読を要求する、a「〈叙述〉に関わるコード」と、出来事や場面に関わる情報として読者に解読を要求する、b「〈描写〉に関わるコード」とに分けて、それぞれの例をあげてみます。

a　〈叙述〉に関わるコード

「馬鹿げている、」と彼は言った。「こんな惨めな恰好をして、それで生きていたって何になるものか、死んでる方がよっぽどましだ。こいつめ、死んだ真似なんかしやがって。」

汐見は足を上げて、履いている下駄の裏でこつんと木の幹を叩いた。それから、ふと勢いが抜けたように、「行こう、」と言った。

（福永武彦『草の花』）

福永武彦の『草の花』（一九五四年）は、敗戦後の暗い世相を背景に書かれた鮮烈な青春の物語です。物語の語り手の「わたし」と、主人公にあたる汐見茂思とは、サナトリウム（結核療養所）で相部屋の患者同士で、引用箇所は、二人で病院の庭を散歩している時、片隅に立っている百日紅《さるすべり》の樹に、汐見が異様な敵意をあらわにする場面です。

汐見は重い結核に罹っていて、しかも青春期に起きたいくつかの出来事が原因で、生き続けようという意志を失っています。今は冬で、百日紅はすっかり葉を落とし、「裸で死んだよう」に剝き出しの樹皮をさらしていますが、そんな百日紅の姿が、汐見には、半ば人生から降りてしまったような、それでいてなお生き続けている「無様な生」を象徴しているように映ります。しかも、今は死んだように見える百日紅は、快復不能の病人である自分とは違って、次の夏にはまた勢いを盛り返したように赤い花をつける。その意味では、百日紅の「死んだふり」は虚偽であり、自分の人生に対する当てつけとしか思えません。一見理不尽な汐見の怒りの発作の背後には、そのような心理が隠されていると読むことができます。

百日紅が、死を装いつつ生きている醜い姿の象徴であるという見方は、汐見という作中人物（及びこの物語の読者）だけが認めている感覚で、百日紅という樹木またはことばに一般的にそういうイメージがあるわけではないので、これは、このテクストだけに与えられている固有のコード的な意味だと考えられます。

この物語の最後では、汐見は成功率の低い肺の成形手術を強く希望して、術中死を遂げます。汐見はクリスチャンで自殺することができないため、そのような形で間接的な自殺を決行するのです。汐見は自らの生と死のあり方を自分の意志で選び取ったわけですが、汐見のように自分の死に方を主体的に選び取ることが本当に許されない悪であるのか、という信仰上の問いかけが、この物語には秘められています。

b 〈描写〉に関わるコード

彼女はガス台の前に立ったまま、大きなカップから湯気の立つネスカフェを飲んでいる。カップにはムーミン一家の絵が描かれている。彼女はそのままなにも言わない。僕もなにも言わない。

「誰か頼れる親戚みたいなのはいないの？」と少しあとで彼女は言う。

いない、と僕は言う。父親の両親はずいぶん前に亡くなったということだったし、彼には兄弟も姉妹も叔父も叔母も一人もいない。

（村上春樹『海辺のカフカ』）

物語のこの部分の語り手「僕」の母親は、「僕」が幼い頃に姉を連れて家を出て行き、父と二人取り残された「僕」は、十五歳になった今、家出をして四国の高松までやって来ました。そこで厄介な事件に巻き込まれた「僕」は、誰も頼れる人がいないので、来る途中の長距離バスの中で知り合ったというだけの「さくらさん」（文中の「彼女」）の部屋に転がりこみます。引用は、翌日になって二人が語り合う会話の場面です。

話している間、さくらさんはガス台の前に立ってインスタント・コーヒーを飲んでいるのですが、そのカップには「ムーミン一家の絵」が描かれていると述べられています。この部分は、「僕」の視点から語られていますが、表面的には、ただ「僕」の目に映った情景として、さくらさんの持っているカップの図柄が具体的に述べられているだけのことです。

しかし、「ムーミン一家の絵」ということばに接した時、僕たちは、ムーミンとその家族、友人たちや、その他の様々な生き物たちが信頼しあって暮らしている、あのムーミン谷の物語を思い浮かべるはずです（これはどちらかというと、トゥベ・ヤンソンの原作よりは、テレビのアニメのそれに近いイメージですが、ムーミンについては、原作を読んでいる人よりもアニメで知っている人のほうがずっと多いでしょう）。

つまり、この場面では、「ムーミン一家の絵」ということばは単にカップの図柄を表わしているだけではなく、家族的なぬくもりや、そこにいれば安心だという共同体的な繋がりを象徴しているコード的なことばなのです。そしてそれが「僕」の眼差しを通して「さくらさんのカップに描かれている絵」として示されていることで、「僕」がそうした家族的な温もりから疎外されていて、そうした温かさにひそかに憧れていることが暗示されています。

コードを一種の暗号と考えると、たとえば□という記号で「あ」という文字を表わすことが、暗号の発信者と受信者との間で共通理解になっていないと、暗号として機能しません（発信者の意図を受信者が読みとれません）。つまり、日常的な言語コミュニケーションの場合、コードの読みとりに際しては、発信者と受信者との間でそれがあらかじめ共有されていることが大事です。

フィクションの物語の場合には、メッセージの発信者は〈作者〉、受信者は〈読者〉と一応置き換えられます。

しかし、フィクションの物語の場合、テクストの向こう側にいる（はずの）発信者としての〈作者〉がどういう意図でその表現を用いているのかを、受信者である〈読者〉は確認することができません。発信者と受信者との間で確かにコードが共有されていると確認する方法がないからです。そもそも、物語の場合には、日常のコミュニケーションと違って、メッセージを発信者の意図通りに理解しなければならないという義務が、受信者の側にないのです。

物語におけるコードとは、発信者と受信者との間で成り立っている約束事ではなく、テクストそのものと、受信者である読者の読みとの間で成立する解読法則のことだと考える必要があります。

それゆえ、「文化的・社会的コード」のほうは広く共通理解になっていることだから問題がないとして、「テクスト固有のコード」のほうは、個々の読者の解読に委ねられていることになります。

コードの解読が読者の主体的な読みに委ねられているということは、読者がある程度自由に読みのコードを設定できるということでもありますが、同時に、一人一人の読者が、恣意的な独りよがりの解釈に陥らないように注意する責任を負うということでもあります。先に述べた「百日紅の樹」や「ムーミン一家の絵」についての説明にしても、ここに述べたのは私という読者がそこから読みとったコード的意味であり、「私にはそのようには読みとれない」という読者がいたとしても不思議ではありません。

「テクスト固有のコード」の認定に際しては、テクストのことばからそのようなコード的意味が論理的に導かれること、そこで取り出されたコード的意味がテクスト全体の中で体系的な整合性を持つこと、かつそれが多数の読者にとって共有できるものであること、といった条件をクリアする必要があるでしょう。

物語をどのように読んでも自由なのですが、当然そこには守らなければならない読みのルールがあるわけです。

第十八講　テクストの周囲――コンテクスト

物語の読みに影響を与える重要な要素の一つに、コンテクストがあります。コンテクスト（con-text）とは、「テクストと共にあるもの」という意味ですが、普通はメッセージの前後関係や文脈のことを言います。

「僕はウナギだ」という会話文は、どのような場面、文脈での発言かによって、様々な意味に解釈できます。何人かで食堂のメニューをのぞき込みながらの会話であれば、「僕はウナギ（丼）を注文しよう」という意味に解釈できるし、水族館の清掃係員の会話であれば、亀や鮫の水槽を担当する係員のことばを受けて、「では、僕はウナギの水槽を担当しよう」という意味だと解釈できるでしょう。幼稚園のお遊戯会の中に出てくる台詞ならば、文字通り「僕はウナギだぞ」（I am an eel）の意味であることも不可能ではありません。

このように、ある人の発言の意図を正しく理解しようとすれば、ことばの辞書的な意味をつなぎ合わせるだけではだめで、それがどのような状況の下での発言か、それ以前のどのような発言の流れを受けてのことばか、というようなことを念頭において理解しようとしないと、発言の真意を誤解する恐れがあります。こうした場面上、文脈上読みとることのできることばの真意や状況への把握が、物語におけるコンテクストの問題です。

a　会話におけるコンテクスト

コンテクストの問題も、コードの場合と同様に、ことばの様々な位相において機能しています。先にあげた「僕はウナギだ」は、会話のレベルでの問題ですが、物語の場合にも当然、作中人物のことばは、それがどのような場面で、どのような文脈で口にされるかに応じて、意味するところが決まってきます。

夏目漱石の『こころ』(一九一四年)の中では、先生が友人であるKと房州を旅している際、Kから「精神的に向上心のないものは馬鹿だ」ということばを聞かされます。Kは真宗の寺に生まれた男で、求道心の強い性格です。そのKが下宿のお嬢さん(後に先生の妻になる人)に惹かれていることを知った先生は、後日、散歩の途中に、同じことばをKに投げかけます。衝撃を受けたKは、地面を見つめたまま、

「馬鹿だ」「僕は馬鹿だ」

と独り言のように繰り返します。純粋で誇り高いKは、精神世界と現実の恋愛との間で板挟みになって苦しんでいる、その内面の苦悩をうかがわせるのがこのことばです。

似たような言い回しなのですが、椎名麟三の『私の聖書物語』（一九五七年）の中には、こんな場面があります。信仰に対して懐疑的であった「頭の禿げかかった男」（作者の分身と考えていいでしょう）は、ある日、「ルカによる福音書」の一節、復活したイエスが弟子たちの前に現われ、自分が生身の人間であることを懸命に示そうとしたというくだりを読んでいて、不意に強いショックを受けます。その瞬間、彼は「信じよう！」という気になったのです。彼はあわてて立ち上がって鏡に自分の顔を写してみると、その顔はまるで酔っぱらったように真っ赤に輝き、喜びにあふれていました。彼は、鏡の中の自分に向かって、

「お前は、バカだよ。」

とつぶやきます。これはもちろん文字通りの「バカ」という意味ではなく、回心することで生まれ変わった自分に対する祝福の挨拶のことばです。

このように、同じようなことばでも、作中人物がそれを口にする文脈によって、意味するところはまったく変わってしまいます。

「そんなことは当たり前だ」と言われるでしょうか。それでは、次のような例はどうでしょうか。

夏目漱石の『三四郎』（一九〇八年）の中には、団子坂の菊人形を皆で見物に行った際、三四郎と美禰子との二人だけがはぐれてしまう場面があります。その時、美禰子が不意に、「迷へる子《ストレイシープ》」ということばを口にします。

迷へる子《ストレイシープ》といふ言葉は解つた様でもある。又解らない様でもある。解る解らないはこの言葉の意味よりも、寧ろこの言葉を使つた女の意味である。三四郎はいたづらに女の顔を眺めて黙つてゐた。

「迷へる子」ということばに美禰子が託した意味は、三四郎にはわかりません。読者にも判然とはわかりません。もしかすると、美禰子自身にもはっきりとはわかっていなかったのかもしれません。ただ、美禰子が三四郎にそこはかとない好意を抱いていることは、なんとなく読みとれます。おそらく多くの読者は、いったんこの物語を最後まで読み、美禰子が結局三四郎とではなく兄の友人と結婚するという結末を知ったところで、この場面の時点とはまた別のパースペクティヴのもとに、改めてこのことばの意味を探ろうとするでしょう。

こうなると、作中人物のことばはまさに一個の謎であり、コンテクストというよりは「解きがたいコード」に近いというべきかもしれません。

b　物語そのもののコンテクスト

物語の場合、さらに重要なのは、その物語そのものが置かれている社会的、文化的、歴史的背景としてのコンテクストの問題です。物語そのものを取り巻く状況が、物語の読みに重要な影響を与えることは当然です。読者である私たちには、その物語がどのような社会的、文化的、歴史的背景のもとに成立しているかを参照しながら読むことが期待されています。

『源氏物語』のような古い時代の物語を読む際には、当然のことながら、物語が背景としている時代や社会についての基礎的な知識が必要です。

いづれの御時にか、女御更衣あまたさぶらひたまひけるなかに、いとやむごとなききはにはあらぬが、すぐれてときめきたまふ、ありけり。

［どの天皇の御代のことでしたか、女御や更衣が大勢お仕えしていらっしゃった中に、たいそう高い身分というわけではなくて、なおかつとても寵愛を受けていらっしゃる方がありました］

前にも引用した桐壺巻の冒頭ですが、この文を読む際には、平安時代の後宮がどういうものであり、女御とか更衣とかがどういう身分であるかということを知っている必要があります。そういう知識があってはじめて、天皇のお后が大勢いるのに、その中で身分がそれほど高くないお后が寵愛を集めるという、あってはならないことが起こっているということがわかり、そういう異常事態を語るところからこの物語がはじまっているのだ、ということが理解できるわけです。

私たちが生きている現代から遠く離れた古い時代の物語ほど、私たち読者はその社会背景を知りませんから、当然コンテクストに関する知識が読みを規制する度合いは大きくなります。『源氏物語』を楽しく読むためには、平安時代の文化や歴史、貴族の生活などに関する豊かな知識が必要とされることはいうまでもありません。それを「面倒くさい」と思わずに、「楽しい」と思えることが、古い時代の物語と楽しくつきあうコツです。

しかし、比較的新しい時代の物語でも油断はできません。

山の手線の電車に跳飛ばされて怪我をした、その後養生《あとやうじやう》に、一人で但馬《たじま》の城崎《きのさき》温泉へ出掛けた。

（志賀直哉『城の崎にて』）

これは、志賀直哉の『城の崎にて』（一九一七年）の冒頭です。電車に跳ねられて大けがをした語り手の「わたし」が、城の崎温泉へけがの治療をかねて湯治に行き、そこで様々な小動物の死に出逢い、生と死について考えさせられる、という心境小説風のすぐれた短編です。一人称の物語なので主人公は「わたし」ですが、「わたし」はどうして山の手線の電車に跳ね飛ばされたのでしょうか。

東京の山手線（もともとは、「山の手」を走っているという意味で「山の手線」という通称で呼ばれていました）は、明治三十四年に赤羽～品川間を走る路上電車として開通し、明治三十六年には新橋～上野間というように、部分部分が独立して開通し、それがつながってぐるっと一回りする環状運転になったのは大正十四年からのことです。『城の崎にて』が書かれた大正六年当時、山の手線はまだ現在のように整備された路線ではなく、線路もきちんと柵で囲われてはいませんでした。この主人公は、踏切でもないところを横断しようとして、走ってきた電車にはねられたのです。現在よりも電車の本数も少なかったでしょうから、それだけ警戒心も乏しかったのかもしれません。

それを現在の山手線のイメージでとらえて、「山手線に跳ねられるなんて、ホームから線路に降りたのかしら？」などと考えてしまうと、大きな読み誤りをすることになります。

谷崎潤一郎の長編『細雪』の中に、次のようなエピソードが出てきます。

蒔岡家の令嬢雪子は、美しく気品のある女性ですが、様々な事情から婚期が遅れています。橋寺という青年との縁談が、やっと順調に進展し始めた矢先、当の橋寺氏から、雪子の芦屋の自宅に電話がかかってきます。どこかで落ち合って一緒に夕食を食べませんかという誘いの電話だったのですが、雪子はうろたえます。

筆を置いて立ち上がつたものの、すぐ電話に出やうとはせず、顔を赤くしながら階段の下り口でうろうろした。

それから雪子は女中に、近くまで用足しに出ている姉の幸子を、「早う! 早う呼んで来て!」とせっぱ詰まった声で呼びにやらせるのです。幸子が飛んで帰ってみると、すでに電話は切れていて、訊いてみると、雪子は相手をさんざん待たせた末に電話に出るには出たが、要領を得ない返事を繰り返して切ってしまったらしい。あとから縁談の仲立ちに立っていた人からかんかんに怒った電話があって、この一件が元で縁談は破談になってしまいます。

さんざん待たせたあげく電話口に出た雪子が、「はいあのう」「はいあのう」と要領を得ない返事を繰り返したあげく、「ちょつと差支へがございますので」ととりつく島もない断りを言ったので、橋寺氏はすっかり怒ってしまったのです。

このエピソードは、雪子という令嬢の内気で引っ込み思案な性格が表われているというだけでなく、社会における電話というものの持つ意味が現代とは違っていたという時代背景を考慮に入れて読む必要があります。

この物語が背景にしている昭和十年代には、日本の電話の加入台数はまだ百万台前後で推移していました。その数字は戦後次第に増え始めますが、それでも五百万台を突破するのは昭和も三十年代になってからだそうです。そのころまでは、一家に一台電話があるような時代ではまだなかったのです。

電話がない家では、近所の電話のある家を連絡先に指定しておいて、緊急の場合には呼び出してもらうというようなことを普通にやっていました（アニメ『となりのトトロ』にもそんな場面がありました）。電話での応対に慣れていないというような人が大勢いた時代だったのです。

会社員である橋寺氏にとっては、すでに電話は仕事で使っている日常的な道具なのでしょうが、深窓の令嬢である雪子にとっては、電話は自宅にあるにはあっても、使用人や家族の男性が出ればいいもので、自分が受話器を取ってきぱき応対するというようなことには不慣れなのでしょう。

もう一つ、頭に置いておくべきことは、家庭の内部における電話というものの意味あいの違いです。古い映画などを見るとわかりますが、電話が家庭に普及し始めた当初は、電話機は玄関か廊下の途中のような場所に設置するのが普通だったようです。電話がかかってくるということは、外部の世界が突然家庭の中に侵入してくるということなので、この道具へのなじみの薄い頃には心理的な抵抗があったのでしょう。人々は、家庭という私的な空間のまっただ中である居間などに電話を置くことを無意識の裡に避けていたようです。電話が各戸に普及して、そうした心理的な抵抗が次第に薄まると、すぐ手の届くところにあった方が便利だからということで、電話は家族が集まる居間のようなところへと侵入してくることになります。

雪子の実家の蒔岡家では、電話は「台所の方」にあったと書かれていますが、真っ先に女中が出て主人へ取り次ぐという使用法を想定してのことでしょう。

『細雪』のこの場面を読む時には、物語が背景としている昭和戦前期の上流家庭における、電話というものに対する感覚への想像力が不可欠なのです。

このごろでは、一家に一台どころか、一人が一台、携帯電話を持っているのが当たり前の時代になってきたので、ほんの数十年前までは当たり前だったこうした状況も、若い読者にはなかなかぴんとこないかもしれません。でも、今の感覚で雪子のことを「因循姑息」な変人だと決めつけるのはかわいそうです。幸子の夫である貞之助が幸子を慰めて言うことばのように、「ああ云ふ風な引つ込み思案の、電話も満足によう懸けんやうな女性にも亦自らなるよさがある」と受け止めてあげたいところです。

『源氏物語』のように千年も昔に書かれた物語でも、現代の読者の心をつかむことができます。その意味では、物語という表現形式は時代を超えた普遍性を持っています。

しかし、多くの物語が、特定の時代、特定の文化的環境を背景にして物語世界を成立させている以上、その立脚している世界の歴史的実態に照らし合わせることなしには読み解くことが困難です。

個々の物語は、独立した一つの閉鎖的空間のようなものではなく、コンテクストである世界と空気を通わせることによってはじめて生き生きとした相貌を表わす、開かれた空間なのです。

第十九講　電話の向こうにいる誰か——〈作者〉

現代の読者である私たちには、物語を読みながら、その物語を創作した作者のことを想像する癖がついています。古典の場合には作者不明の物語も多いため、必ずしもそういうことはないのですが、近代以降の物語は、だいたい作者についての情報が残されているので、そうした情報を手がかりに、多くの読者たちは、その物語を作り出した人のことを、できるだけ具体的にイメージしようとします。

そうはいっても、ほとんどの場合、読者は作者のことを直接には知りません。直接には知らなくても、読者は自分が持っている作者についての予備知識を頼りに、その人が自分という読者に対して何を伝えようとしているのかを、テクストを通して読みとろうとします。きっと、相手のイメージが具体的なほうが、その人のいわんとするところがよくわかるような気がするからでしょう。

しかし、物語を読んでそこから作者の意図を読みとろうとすることは、直接知っている人からもらった手紙などを読んでそこにこめられたメッセージを読みとろうとすることとは、根本的に異なる作業です。

この講義に耳を傾けてくれている皆さんの中にも、中学高校の国語の授業の中で、「この文章を通じて作者は何を言おうとしているのでしょうか」といった類の質問を繰り返し投げかけられた経験を持っている人は多いと思います。そうした少年少女の頃の経験が刷り込みとなって、「作者の意図」を読みとることが物語を読むということとイコールだという偏った観念をインプットされている人もいるかもしれません。

そもそも、私たち読者はどのようにして作者についての予備知識を得るのでしょうか。

その作者について書かれた解説や、評伝などのまとまった文章、作者自身が書いた他の作品や書簡やメモ、研究者が書いた論文等、多様な資料が私たちの前に存在します。そうした資料を参照することで、私たちは自分が直接知らない人物についての知識を身につけていきます。近代以降の作家の場合には、肖像写真や映像、録音された肉声などが残されている場合も多く、それらの視聴覚資料もまた、読者にとってはかなり強力なイメージ喚起力を持つことになるでしょう（夏目漱石の肉声の録音は残されていませんが、二〇〇七年に江戸東京博物館で催された「夏目漱石展」では、コンピューターで復元された漱石の声による『吾輩は猫である』の朗読が流されていて、大勢の人が立ち止まって耳を傾けていました）。

そうした実に多種多様な資料が、読者が直接は知らない作者についてのイメージを形成するための素材として提供されています。誠実な読者ほど、ある作家に興味を抱いたら、その作家に関する資料をできるだけたくさん集めてきて、その人の素顔に迫ろうとする努力を惜しまないでしょう。

しかし、解説や評伝は、しょせんは誰かがまとめた文章であり、それを書いた人の主観が投影された、それ自体が一つの主観的なテクストにほかなりません。作家本人が書いた書簡や自伝的な文章も、事実が書かれていて、作品の読みの基準にできる資料だという保証はありません。作家が書いた書簡や自伝的な文章も、見方によっては、それ自体が独立した創作物なのです。それらの性格も背景も異なる資料をつなぎ合わせることで、作者の実態に迫ることができるという保証は、実はどこにもありません。

作家の肖像写真は、確かにその人の風貌を伝えてくれるような気がしますが、写真を見てじかにその作家の姿に触れているように思いこむのは危険です。

大岡昇平さんは若い頃に、詩人の中原中也本人と親交のあった人ですが、世上に流布している、中原が十八歳の時に銀座の写真館で撮った写真が、自分の印象とあまりに違うので、好きではなかったそうです。お釜帽子をかぶった、少女のように見えるこの写真は、国語の教科書などにもよく載っていて、中原中也の風貌を伝える有名な写真ですが、実際の中原を知る大岡さんから見ると、実物とはずいぶん印象が違うようです。しかも写真によって修整が施されていて、全集に掲載されているものと較べると、角川文庫本表紙の写真は、同じ写真なのに、瞳を大きくしたり、瞳に星を入れたりしていて、また印象が変わっています。

大岡昇平さんの『成城だより』（一九八六年完結）の記述によると、大岡さんはこの件について角川書店に不審を問い合わせたことがあるそうですが、問い合わせに対する出版者側の答えは、「角川書店にては、「デザイン」として専門家に依頼したと称す」というものだったそうです。この本の出版元である角川書店としては、書物に関わる一種の「デザイン」として、写真のアレンジを専門家に依頼した、従って実物の面影をどの程度留めているかは二義的な問題である、という見解だったわけです。

つまり、書物に載っている作家の写真などは、書物の商品価値を高めるために（よりたくさん売れるようにするために）、「デザイン」として修正されていることを当然予想していなければならないということになります。出版社側にすれば、中原中也のような詩人の風貌は、「かわいい」に越したことはないわけです。修正まではしないとしても、落ち着いて考えればすぐわかるように、写真はしょせん一つの主観的な眼差しによって切り取られた対象の映像なので、対象そのものの客観的な姿を伝えているわけではないのです。

国語の教科書などを見ると、単元ごとに必ずといっていいほど、作者の肖像写真が掲載されています。生徒の理解を助けようという親切心からのことなのでしょうが、そこで選ばれた写真から受ける印象は、知らず知らずのうちに、生徒たちの作家観、作品観に影響を与えてしまいます。中原を知る人にとって、彼がどんなにやっかいな、絡み性の男であったとしても、お釜帽子の中原中也の肖像写真は、中原を直接知らない読者に、無垢な、永遠の少年のような詩人のイメージを植え付ける働きをしてしまいます。その意味では、肖像写真がテクストの読解に及ぼす影響も、「作者の実像に触れる」ということとは別の次元のことなのだと了解している必要があります。

写真でさえそうなのですから、誰かが書いた解説の文章などは、どんなに客観的な説明を装っても、書いた人の主観というバイアスから逃れられないものと覚悟しておかなければなりません。

物語を読む際に、作者についての情報をできる限りたくさん参照しようとするのはよいことだし、物語が生み出された背景を知るための役に立ちます。作者自身が書いた他の作品や書簡、創作ノートやメモ類はもちろんのこと、出生記録、卒業証書や、滞在していた宿の宿帳などに至るまで、その生涯の足跡は様々な形で残されています。研究が進んでいる作家なら、それらを踏まえて書かれた評伝や論文もたくさんあるでしょう。それに（修正が施されているかもしれないにしても）写真や映像などの映像資料に至るまで、真摯な読者が参照することのできる資料は山ほどあります（古典の場合は、近現代の作家の場合ほど恵まれていませんが、それでも参照すべき資料はそれなりにあります）。

それらの〈作者〉（ここからは、実体としてではなくイメージとしての作者という意味でヤマカッコをつけることにします）についての様々な外部資料を一括して、ここでは〈資料体〉（コーパス）と呼ぶことにします。〈資料体〉は、テクストの周辺にあって、テクストの読みを助けたり、方向付けたりする情報ですから、要するにコンテクストの一種と考えることもできます。

それらの資料から読者が受ける印象も一定ではなく、人によってまちまちだと考えられます。太宰治という人は、何度も女性と心中事件を繰り返した人ですが、それを太宰の傷つきやすさ、誠実さの表われと受けとる人もいるでしょうし、そこに甘えや或る種の狡猾さを感じとる人もいるでしょう。

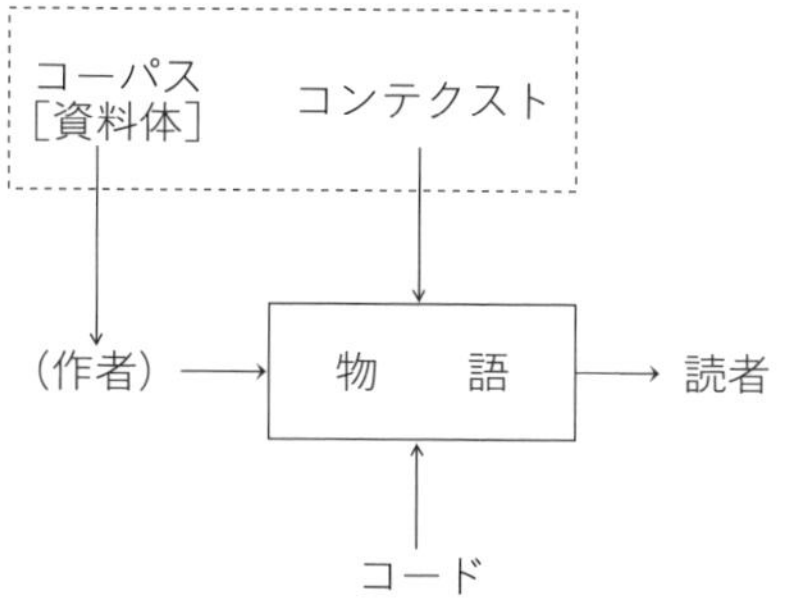

〔図８〕

また採用する資料によって矛盾した人物像が浮び上がってくるという場合もあります。先にも触れましたが、三島由紀夫という作家の人物像は、資料や証言によってずいぶん印象が異なります。「楯の会」の制服に身を包み、「天皇」にこだわった三島、古典や歌舞伎に精通した教養人としての三島、通俗読み物やマンガが好きで、いたずら好きの側面があった三島、いったいどれが本当の三島由紀夫なのでしょう。「三島由紀夫は、複雑で多面的な人物だった」とまとめてみても、それは三島についての一つの「物語」にほかならず、それによって三島の作品への理解が深まるわけではありません。

ある資料からは、金銭感覚のずぼらな〈作者〉像が浮かび上がってくるかと思えば、別の資料からは几帳面で経済観念のしっかりした〈作者〉像が浮かび上がってきたりする。またある資料からは友情に篤い温かい人柄が浮かび上がってくるかと思えば、別の資料からは友人を裏切ることを何とも思わない卑劣な人柄が浮かび上がってきたりする。それらの一見矛盾した資料を前にした時に、読者は往々にしてそれらを調整し、自分にとって受け入れやすい〈作者〉像に収斂させようとします。「彼はしばしば友人を裏切ったが、心の中ではそのことによって自分も深く傷ついているような繊細な人物だったのだ」というように、それはほとんどの場合、肯定的な作者像へと結実していきます。いやな奴だと感じれば、読者はその人物への関心を失っていくでしょうから、「いい人だった」「立派な人だった」という方向へ情報を整理していこうとするのは避けがたいことです。

歴史や社会背景を知ろうとする場合と違って、〈作者〉に関する〈資料体〉の場合には、読者はしばしばそれをパッチワークのようにつなぎ合わせて、統一的な人格のイメージを作り出そうとする傾向があります。面白い物語を作った〈作者〉のイメージにこだわりすぎると、物語を読むことを通して「自分にとって受け入れやすい、物語から受ける印象と矛盾のない〈作者〉像」を構築することが目的化してしまう恐れがあるので、注意が肝要です。読者には「作者というフィクション」を作り出す権利もあるのですが、その「フィクションである作者像」によって「フィクションの物語」を説明しようとすると、自己満足のようなおかしなことになります。自分で「すぐれた作家」のイメージを作り出しておいて、そのイメージに様々なメッセージを語らせるという「お人形さんごっこ」のようなものは、あまり高級な遊びとはいえません。

時代背景などと違って、コンテクストとしての〈作者〉像は、読者のイメージ形成力に依存する度合いが大きく、いったん確立しても、また変化したり揺れ動いたりするということも起こります。

個人的な体験を述べると、三島由紀夫という作家は、陸上自衛隊の市ヶ谷駐屯地に乱入して割腹自殺をしたという最期の印象があまりに強烈なので、特に晩年の作品については、その印象と切り離して読むことが難しく、三島の没後しばらくは、手に取るのが苦痛でした。

しかし、あの事件から四十年近い歳月が経ち、私自身も、三島が死んだ年よりも年長になってしまった現在では、「あのような事件を起こした三島」とは切り離して、ただ物語の作り手としての「三島」を、作品の向こう側に探ることがやや容易になったような気がします。

それは、年をとれば人間に対する理解が深まる、というようなこととも違います。私たち読者が、〈資料体〉（コーパス）を操作することで〈作者〉のイメージを作り出している以上、情報としての〈資料体〉（コーパス）が、年齢や人生経験によって受け止め方が変わってくるような性格のものであれば、読者の年齢や人生経験に応じて〈作者〉のイメージが変化するのはむしろ自然な現象なのです。

それは〈作者〉という対象そのものの変化というよりは、読者である私たちの内部における〈作者〉像の変化なのです。そうした自分たちの側の〈作者〉像の揺れをも、読者は物語の読みに投影してしまいます。それは良い悪いという以前に、避けられないことです。

読者が作品から〈作者〉のイメージを読みとろうとするのは自然なことです。しかし、読者が物語から何を読みとるかは、〈作者〉が意図したこととは切り離して、別個の原理によって決定されるととらえておくほうがよいでしょう。

〈作者〉の意図というと、何か固定的なものをイメージしてしまうというところにも問題があります。〈作者〉の目指すところ、ねらうところがあったとしても、それは多くの場合、ことばにならない、不定形でグニャグニャしたものなのではないでしょうか。普通のことばでは表現できないようなことだからこそ、フィクションの物語という形をとって表現しなければならないはずなのです。

物語の読みは、〈作者〉の意図というような固定的な観念にとらわれない、もっと自由なものであっていいはずです。

国語の教材として読む際にも、テクストの向こう側に固定的な「〈作者〉のメッセージ」を幻想することで満足し、そこで読む行為が終わってしまうというのは、いかにも貧しい読み方だと思います。

第二十講　リンクする物語——インターテクスト

遠藤周作の長編『沈黙』（一九六六年）は、こんな物語です。

十七世紀中葉、ローマ教会の指令で、ひそかに日本に布教にやってきた司祭ロドリゴは、キリスト教を信じる百姓たちが厳しい拷問を受け、惨めな殉教を遂げてゆく姿を見て苦しみ、それをただ見つめているだけで救おうとはしない神の沈黙に疑問を抱く。やがてロドリゴも捕らえられる。役人は三人の百姓を穴の上に逆さづりにして、ロドリゴが踏み絵を踏んだら百姓たちを解放してやろうと言い、棄教を迫る。

これに続く、ロドリゴが踏み絵を踏む場面を引用します。

主よ。長い長い間、私は数えきれぬほど、あなたの顔を考えました。特にこの日本に来てから幾十回、私はそうしたことでしょう。トモギの山にかくれている時、海を小舟で渡った時、山中を放浪した時、あの牢舎での夜。あなたの祈られている顔を祈るたびに考え、あなたが祝福している顔を孤独な時思いだし、あなたが十字架を背負われた顔をとらわれた日に甦らせ、そしてそのお顔は我が魂に深く刻みこまれ、この世で最も美しいもの、最も高貴なものとなって私の心に生きていました。それを、今、私はこの足で踏もうとする。

黎明のほのかな光。光はむき出しになった司祭の鶏のような首と鎖骨の浮いた肩にさした。司祭は両手で踏み絵を持ち上げ、顔に近づけた。人々の多くの足に踏まれたその顔に自分の顔を押しあてたかった。踏み絵の中のあの人は多くの人間に踏まれたために摩滅し、凹んだまま司祭を悲しげな眼差しで見つめている。その眼からはまさにひとしずく涙がこぼれそうだった。

「ああ」と司祭は震えた。「痛い」

「ほんの形だけのことだ。形などどうでもいいことではないか」通事は興奮し、せいていた。

「形だけ踏めばよいことだ」

司祭は足をあげた。足に鈍い重い痛みを感じた。それは形だけのことではなかった。自分は今、自分の生涯の中で最も美しいと思ってきたもの、最も清らかと信じたもの、最も人間の理想と夢にみたされたものを踏む。この足の痛み。その時、踏むがいいと銅板のあの人は司祭にむかって言った。踏むがいい。お前の足の痛さをこの私がいちばんよく知っている。踏むがいい。私はお前たちに踏まれるため、この世に生まれ、お前たちの痛さを分かつため十字架を背負ったのだ。

こうして司祭が踏み絵に足をかけた時、朝が来た。鶏が遠くで鳴いた。

（遠藤周作『沈黙』）

司祭ロドリゴは、百姓たちの命を救うため、イエスの像が刻まれた踏み絵に足をかけることになります。それは、「自分の生涯の中で最も美しいと思ってきたもの、最も清らかと信じたもの、最も人間の理想と夢にみたされたもの」を汚い足の裏で踏むことを意味していました。それは自分が命を賭けて信じてきたものへの裏切りであり、自分自身の魂を否定する行為でもあったのです。

ところが、その瞬間、踏み絵の中の「あの人」即ちイエスが、「踏むがいい」と呼びかけてきます。ロドリゴが布教の過程でふとその存在を疑う気持ちになった主なるイエスは、踏み絵を踏もうとするその一瞬、まざまざと心の中に甦り、ロドリゴに語りかけます。信者たちを救うために奇蹟のような何かを起こす神ではなく、弱いもの、苦しんでいるものに寄り添い、共に苦しみを分かち合う神として。

感動的な場面ですが、この場面は、『マタイによる福音書』の有名な一節を踏まえて書かれています。

ペテロ外にて中庭に坐しゐたるに、一人の婢女きたりて言ふ「なんぢもガリラヤ人イエスとともにゐたり」かれ凡ての人の前に肯はずして言ふ「われは汝の言ふことを知らず」かくて門まで出で往きたるとき、他の婢女かれを見て其処にをる者どもに向かひて「この人はナザレ人イエスとともにゐたり」と言へるに、重ねて肯はず、契ひて「我はその人を知らず」といふ。暫くして其処に立つ者ども近づきてペテロに言ふ、「なんじも確かにかの党与なり、汝の国訛なんじを表せり」　ここにペテロ盟ひかつ契ひて「我その人を知らず」と言ひ出づるをりしも、鶏鳴きぬ。ペテロ、「にはとり鳴く前に、なんじ三度われを否まん」と、イエスの言ひ給ひし御言を思ひ出し、外に出でて甚く泣けり。

有名なペテロの否認の場面です。イエスが捕縛された後、弟子の一人であったペテロは、ただ一人ひそかに後をついていきますが、そこにいた群衆から「お前も捕まった男の仲間だ」と摘発され、「違う」と三度そのことを否認します。それは、その教えを信じ、これまで付き従ってきたイエスを裏切る行為でした。実は捕縛の前夜、いわゆる最後の晩餐の夜に、イエスはすでにそのことを予言していたのです。

イエス言ひ給ふ『まことに汝に告ぐ、こよひ鶏鳴く前に、なんぢ三たび我を否むべし』ペテロ言ふ『我なんぢと共に死ぬべき事ありとも汝を否まず』

ペテロは前夜、「今宵、鶏が鳴く前に、お前は三度、私を否認するだろう」と予言するイエスに向かって、「私はたとえあなたとともに死ぬことになっても、あなたを裏切ったりはいたしません」と誓います。しかし、いざその場になると、イエスの仲間であることを繰り返し否認してしまいます。

それは、私たちの誰もが心の中に抱えている自己保身であり、人間の弱さを象徴する行為です。『沈黙』の本文には、「こうして司祭が踏み絵に足をかけた時、朝が来た。鶏が遠くで鳴いた」と書かれていますが、この記述はただ時間の経過を表わしているだけではなく、『マタイによる福音書』の「『我その人を知らず』と言ひ出づるをりしも、鶏鳴きぬ」という箇所を踏まえて書かれています。それはペテロが主イエスを裏切る場面です。その上で、「鶏が遠くで鳴いた」という表現は、信仰への裏切りを表わすと同時に、神はそのような人間の弱さにも許しを与えてくれるということを暗示する表現にもなっていると言えるでしょう。

もう一つ、先行する物語を踏まえて書かれている例として、三島由紀夫の『春の雪』（一九六七年）を取り上げましょう。『春の雪』は、三島の遺作となった長編四部作『豊饒の海』の第一巻です。

綾倉伯爵家の令嬢、聡子は、洞院宮家の御子と婚約し、既に勅許も得ていたが、幼なじみの、松枝侯爵家の嫡男清顕とひそかに通じ、身ごもってしまう。しかし今さら婚約を解消することは不可能なので、ひそかに堕胎手術を受けることになるが、聡子は周囲の意向に従うかのように装っておいて、手術の直後、奈良の月修寺に走り、突如剃髪して仏門に入ってしまう。清顕は聡子に会いに月修寺に赴くが、対面を拒絶され、病気をこじらせて死ぬ。

最後に月修寺を訪れた清顕が（この時すでに清顕は重く病んでいます）、やはり聡子に対面を拒まれ、やむなく引き返す場面から、本文を引用してみます。

彼が玄関の障子の前に崩折れると、はげしく咳いたので、案内を乞ふまでもなかつた。一老が出て来て、彼の背を撫でた。清顕は夢うつつに、聰子が今、自分の背を撫でてゐてくれる、といひしれぬ幸福感を以て考へてゐた。（中略）

何か女同士のあわただしい会話がきこえてゐた。それが止んだ。又、時が経つた。現はれたのは一老一人であつた。

「やはり、お目もじは叶ひません。何度お出で遊ばしても同じことでございます。寺の者をお供いたさせますから、お引取り遊ばして」

そして清顕は、屈強な寺男に扶けられて、雪の中を俥まで帰つた。

（三島由紀夫『春の雪』）

『春の雪』は若い二人が密通して破局を迎える話ですが、このストーリーは明らかに『源氏物語』の中の柏木と女三の宮の物語を踏まえて書かれています。

『源氏物語』では、若い貴公子柏木が、光源氏の正妻女三の宮と密通し、光源氏に察知されたことを知って苦悩し、衰弱して死ぬことになります。一方の女三の宮のほうは、柏木の子薫を生んだ後、出家してしまいます。

高貴な若い男女が密通し、その結果、男は死に、女は出家する、という物語の基本ストーリーの一致は明らかで、明治時代の華族社会を舞台にした『春の雪』のテクスト全体に流れている王朝物語風のみやびやかな雰囲気から見ても、その基盤に『源氏物語』があることは間違いありません（『源氏物語』では、二人の密通の手引きをする小侍従という女房が出てきますが、『春の雪』でも、綾倉伯爵家に仕える蓼科という老女が手引きをすることになっています）。

両方の物語を較べてみると、このようにストーリーや人物関係はほとんど一致していると言ってよいのですが、重要な点で違いがあります。

『源氏物語』では、密通の結果、二人の間に薫という子供が生まれ、両親の罪を背負った子として、このあとの物語をになってゆくことになります。それにたいして、『春の雪』では聡子が身ごもった子供は堕ろされてしまい、生まれてくることはありません。その代わりに、この『春の雪』を第一巻とする『豊穣の海』四部作には、〈転生〉というモチーフが仕組まれています。即ち、松枝清顕は子供を残さないけれど、二巻めの物語である『奔馬』の主人公飯沼勲として生まれ変わるのです。

清顕は死ぬ前に、友人の本多繁邦に対して、「今、夢を見てゐた。又、会ふぜ。きつと会ふ。滝の下で」と言い残します。そのことばの通り、本多は二巻めの物語の冒頭で、飯沼勲という青年と滝の下ではじめて出会うことになるのです。

『春の雪』はそれ自体独立した物語で、『源氏物語』が踏まえられていることを理解していないと『春の雪』という物語が味わえないというわけではありません。しかし、『源氏物語』が下敷きになっていることを意識して読めば、両者の間の共通点や差異を意識することで、『春の雪』という物語の構造上の特徴がどこにあるのかが、より明瞭になってきます。密通の結果として罪の子薫があとに残る『源氏物語』を下敷きにしつつ、そのあとに何者をも残さないという意味で不毛な密通を描く『春の雪』。『源氏物語』を念頭におきつつ読めば、『春の雪』の物語の主題が、密通とその罪というところにあるのではなく、運命づけられた夭折と転生というところにあるということがよくわかります。

これらの物語のように、あるテクストが別のテクストを下敷きにしていて、両者を重ね合わせて読むことを読者に要請しているような場合があります。あるテクストが含みこんでいるもう一つのテクストのことを「インターテクスト」等という場合がありますが、どのように呼ぶかはともかくとして、こうした二重構造を持った物語の場合には、元になった物語といま読みつつある物語とを響きあわせつつ読むことで、読者の感じ取る印象はより豊かなものになります。

また物語が他の物語と関連づけられるというところには、先の「コード」の場合と同じような問題があります。

即ち、作者が意図した二重構造ということとは別のこととして、ある物語から、読者が心の中で別の物語を思い起こしてしまうことがあるという現象をどう扱うのかという問題です。

『沈黙』や『春の雪』の場合には、作者が明らかに『マタイによる福音書』や『源氏物語』を意識して書いていて、本文からそのことを根拠をあげて説明しろといわれたら説明することもできるでしょう。しかし、『春の雪』のヒロイン聰子は、結婚を拒否し、清顕に会うことも拒んで出家してしまう、そのようにして俗世から姿を消してしまうヒロインの姿から、求婚者たちを斥けて最後には昇天してしまう『竹取物語』のかぐや姫を連想する読者がいるかもしれません。仮にそういう読者がいたとしても、作者がそれを意識していたかどうかは証明することが難しいと思います。

確実な根拠を挙げることができないという意味では、『春の雪』という物語から『竹取物語』を思い浮かべるのは、読者の勝手な連想でしかありません。

でも、ある物語を読みながら、自分が知っている様々な物語のことを自然に思い浮かべるのは避けられないことだし、そのようにして様々な物語と無意識の裡に比較しながら読む権利が、読者には与えられているはずです。作者の意識にあったかどうかは別として、『竹取物語』を連想することは、『春の雪』の物語に「天人女房譚」という古くからある説話の話型が作用していることを確認できるという意味では、有効な読みの筋道だと思います。「天人女房譚」は、異界の女が人間の世界に降臨し、再び去ってゆくという物語の型です。そうした物語の型に属することを意識することで、聰子の出家が避けられない結末であることを、読者はより深く理解することになります。

物語を読むという行為は、一冊の書物の形をとって目の前にあることばの意味をたどるというだけではなく、読者が自分の中に持っているすべての物語の記憶、ことばの記憶をスタンバイ状態におくということです。読者の裡に格納されている様々な物語の記憶は、いま読まれつつある物語と、それらの記憶の中の物語との間にある共通性や差異を、無意識の裡に浮かび上がらせてくれます。

様々な物語を記憶し、それらの間に見られる反復や差異、変奏の妙味などを味わう余裕を持っていると、確実に読書の楽しみの幅が広がることでしょう。

第二十一講　〈読者〉という役割――読むこと

物語の読み方についていろいろと学んできましたが、〈文学〉とか〈文学作品〉と呼ばれるテクストの中には、この講義で取り扱ってきた物語（フィクション）以外にも、思うことを自由に書き綴った随筆だとか、自分の体験を書き綴った自伝的な文章とか、詩歌とか、形態の異なる様々なテクストが含まれています。

〈文学〉ということばには、〈歴史〉や〈哲学〉ということばと同じように、学問や文化の一つのカテゴリーというニュアンスがありますが、〈文学作品〉というように〈作品〉ということばを使った場合には、〈作者〉が作り出した制作物で、享受の対象となる何物かを指す、という感じがあります。

日本語にはもともと、この〈作品〉にあたることばがなく、〈作品〉ということば自体が使われるようになるのも明治以降のことです。〈作品〉にあたることばがなかったということは、絵画や彫刻や陶磁器などと同じような感覚で、書かれたテクストを一つの制作物とみなすという観念自体が存在しなかったということを意味しています。

〈作品〉ということばは、おそらく西欧の、work（英）、werk（独）、oeuvre（仏）、などといった単語の翻訳語ですが、これらの単語はもともと、人間の手で作られた品物のことを指していうことばでした。

A l'oeuvre, on connait l'artisan.（作品を見れば、作者がわかる）

これは十七世紀フランスの詩人、ラ＝フォンテーヌのことばですが、「作ったものの出来を見れば、それを作った職人の腕がわかる」というほどの意味で、「人が手で制作したもの」というのが、oeuvre（作品）ということばのこの時代における普通の用法です。

〈作品〉ということばが、精神的な内容を持った芸術的制作物という意味に拡大されて使われるようになるのは、十八世紀末ぐらいからのことらしく、ロマン主義と呼ばれる芸術思潮の台頭と共に、優れた内容を持った文章が、造形美術などと同等に一個の独立した精神世界として扱われはじめ、〈作品〉と呼ばれるようになりました。ついでにいえば、先のことばの中の artisan という単語は技術（アート）を持つ人、即ち「職人」というほどの意味ですが、優れた精神的内容を持ったものを制作する人のことを、このころから artist（アーティスト＝芸術家）と呼ぶようになります。〈作品〉という概念と、〈芸術家〉（作家）という概念とは、ほんの二百年ちょっと前に同時に発生してきた新しい概念なのです。

この十八世紀末頃から目につくようになった新しい変化に関連して重要なことは、一つは「人間が作るもの」の中に精神的な内容があるか否かが問われるようになったということですが、もう一つ大事なことは、本来、形（物質性）のあるものに対して用いられることばだった〈作品〉ということばが、形のないものに対しても用いられるようになったということです。造形美術や建築には、眼で見、手で触れることのできる実体がありますが、〈文学〉や〈音楽〉には本来そうした実体（物質性）がありません。そうした手で触れることのできない制作物に対しても、まるで手を触れることができるものであるかのように、〈作品〉ということばが使われるようになったのです。そう、文学を〈作品〉と呼ぶのは、一種の比喩なのです。

それ以前の時代には、私たちが〈文学作品〉と呼んでいるようなことばの芸術には、明確な形がなく、輪郭や境界のようなものも存在しないということは当たり前の常識的感覚だったのですが、文字で書かれた文章を〈作品〉ということばで呼ぶようになったことで、それがはっきりとした形や輪郭を持った対象であるかのように錯覚するようになりました。文章を読む読者の意識に、大きな変化が起こったのです。現代の読者である私たちも、「宮澤賢治の作品」などという場合には、個々の物語ははっきりとした形を持った何かであり、「宮澤賢治には作品がいくつある」と数えられるような個別の対象であるという思いこみの中にいます。しかし、宮澤賢治という人が心の中にある何かを、書くことを通じて一貫して追い求めていたのだと考えれば、彼の物語はすべて内的なつながりをもっていて、それがいくつの「作品」に切り分けられているかは二義的な問題にすぎないと考えることもできます。

文章が書かれた「原稿」や、それを印刷して一冊にまとめた「書物」は、物だから実体があり、はっきりとした形を持った対象です。

しかし、私たちが〈文学作品〉と呼んでいるものは、「原稿」や「書物」ではないはずです。〈作品〉とは、「原稿」や「書物」の向こうにある抽象的な何かで、私たちが読んでいる対象も、文字そのものというよりは、その向こうにある抽象的な何かであるはずです（「楽譜」が〈音楽〉そのものでないのと同じことです）。

もう一度繰り返すと、〈作品〉ということば、あるいは概念は、形のない抽象的なものを便宜的に形のある対象であるかのように取り扱う過程で生み出されてくるものです。〈作品〉を形のあるものと考えて、「作品の中に何が書かれているか」というような言い方をすることがよくありますが、〈作品〉に「中」とか「外」とか言えるような輪郭があるのかどうかは、本当はかなりあやしいのです。

『源氏物語』の中に、「朧月夜の君」と呼ばれる女性が登場しますが、この人ははじめて登場するとき、「朧月夜に似るものぞなき」という和歌の一節を口ずさんでいます（花宴巻）。これは、大江千里の、

照りもせず曇りもはてぬ春の夜の朧月夜にしくものぞなき

という歌の下の句ですが、実はこの歌そのものが、白居易の「嘉陵春夜詩」の中の、

明かからず暗からず朧々の月（不明不暗朧々月）

という詩句の翻案です。大江千里の歌が、そもそも漢詩の意識的な翻訳なのですから、『源氏物語』のこの場面から白居易のことを連想し、この詩が作られた背景に思いを及ぼすのは、ごく自然な連想と言えるでしょう。

ということは、「朧月夜の君」が朗詠している和歌の一節は、その元になった白居易の漢詩や、その詩が作られた背景までを「目に見えない本文の一部」として含みこんでいるといってもいいわけです。

また、この時代、朗詠は男性が行うもので、女性が漢詩や和歌を朗詠するということはかなり特異なことだったのですが、そのやや浮かれ気味の女性の行動から、たくさんの虫を集めさせて、「かたつぶりのお、つのの、あらそふや、なぞ」と大声で朗詠する風変わりなお姫様、『虫めづる姫君』の話を連想する人もいるかもしれません。

このように、一つのことば、一つの場面から様々なことを連想し、想像を膨らませながら読むとい

うことも、読者に許された特権です。

私たち読者は、物語を読みながら、記憶の中にある様々なことを思い出し、それらの記憶との間に繋がりをつけながら物語を味わっています。つまり、前回の講義でも述べたように、読者はある物語を読みながら、今そこにはない、記憶の中にある様々な物語や出来事を想起し、それらを関係づけながら読んでいるわけで、いま目の前にあることばだけをたどっているわけではないのです。

そのように考えれば、〈作品〉の内容は、読者の内面でどこまでも果てしもなく広がっていきます。学校で教えられる国語科という教科においては、まずそこに書かれていることをしっかり把握するべきで、いたずらに想像を広げるのは問題が拡散するのでよくないことだという考え方があり、生徒の放恣な連想に歯止めをかけるようなストイックな読書観というものがおそらく存在するのだろうと想像します。しかし、文章を読みながら連鎖反応的にイメージが拡がっていくのは、読者の心の中で起こる素直な生理的反応なのですから、それを規制することは、本当はできないのだと思います。素直に読書を楽しんでいる読者の心を置き去りにして、心の動きに制約をかける「正しい読書」を押しつけることにはあまり賛成できません。

このことをやや大げさにいえば、読者は、目の前にある「一つの」物語を契機にして、自分の記憶の中にあるすべての物語を読み直しているといってもいいのです。この場合の記憶の中にある物語とは、フィクションとしての物語に限りません。自分の中に〈物語〉の形をとって蓄積されている、すべての出来事についてのイメージ、すべての出来事の記憶が対象になっているはずです。安岡章太郎の『海辺の光景』（一九五九年）は、認知症が進んで病院で死を迎えようとしている母親を看取る物語ですが、同じように母親を見送った経験のある読者ならば、そこに自分の体験や痛みを投影しつつ読むことは避けられないでしょう。

私たちは、自分が体験したこと、考えたことを、ことばにすることで一種のファイルにして自分の中にプールしています。ことばがなければ、私たちはものを考えることも記憶することもできません。私たちの人格そのものは、ある意味ではことばによって成り立っているのです。

一つ一つの事物や概念を、私たちはことばにすることでイメージ化し、それらを組み合わせることで世界を認識しています。この「世界」ということばもそうだし、特に「宇宙」「空間」「生」「信念」「空」など、抽象的な概念ほど、それを表わすことばがなければ、私たちはそうした概念をイメージすること自体が不可能になります。

しかし、私たちが獲得しているそうした概念、ことばのイメージは、決して一定不変のものではありません。すぐれた文学のことばは、私たちの中にあるそうしたことばのイメージを変えてしまう力を持っています。

次にあげるのは、田中冬二という詩人の短い詩です。

手　巾　　　　田中冬二

新しい手巾《はんかち》をたたみながら
ふとキリストの最後の晩餐をおもひ浮べた

わずか二行の詩です。真新しい、真っ白なハンカチ。そんなに高級品ではないかもしれないけれど、しっかりした木綿の素材の、いい匂いのする清潔なハンカチ。そのハンカチをたたみながら、ふと「キリストの最後の晩餐」を連想したというのです。この鮮烈なイメージ！

この詩を知ることで、私なら私という読者の中で「ハンカチ」というものに対するイメージが変わってしまいます。以前はそんなことは思わなかったのに、この詩を知った後では、真っ白なハンカチを目にすると、「最後の晩餐」のイメージが自然に心の中でわき起こるようになるのです。

すぐれたテクストと出会うことによって、私たちの記憶の中にプールされている様々なことばのイメージは揺さぶられ、変容することがあります。それがたとえたった一つのことばにまつわるものであったとしても、自分の中に記憶されていることばは相互に密接に関係しているため、その一つのことばと関係するすべてのことばが影響を受け、それらのことばの束の関係全体が組み替えを要求されることになります。

　つまるところ、自分が持っていることばのイメージを揺さぶるような重要なテクストとの出会いは、読むという行為をくぐることで自分自身に新たな更新をかけているのと同じことになります。たとえそのことを強く意識してはいなくても、真剣に読書をする人にとっては、ある本を読む前と読んだ後とは、自分がどこかしら違う人間になっているということを実感しているはずです。

　物語を読むということは、もちろん純粋な楽しみであってかまいません。でも、その楽しさの背後には、単なる時間の消費ではなく、私たちが自分自身と向き合い、自分の意志で新しく生まれ変わっていくという主体的な行為としての側面もあるのです。

　私たちが毎日、全身の細胞を入れ替えることで生き続けているように、新しいことばの世界に触れることによって自分というものを見つめ直し、日々自分を新たなものにしていくということは、私たちが生きていることの意味そのものだとも言えるのではないでしょうか。

あとがき

小中学校や高校の国語の時間には、様々な種類の物語が教材として取り上げられます。そこでは、作品全体の構成を視野に入れ、作品の主題（曖昧なことばですが）を考えつつ読む方法について学んでいると思います。

しかし、教室で学んでいる物語の読み方は、内容について何かを問われたときに「正しく」答えることができることが目的になっていて、読むことそのものを楽しむような接し方とはいささかずれていると感じている人も多いのではないかと思います。

物語を楽しく読むためには、本当は方法を意識して読むことが大切です。本文を分析するための様々な視点があり、そうした分析のための視点を自分の中に持っているほうが、漫然と読んでいるよりも読む楽しさが倍加するはずです。

読むことの楽しさをアップさせるために、方法的な読み方が平易に説明されているような参考書があるといいなあと、ずっと思っていました。不思議なことに、そういう本が世の中にはあまり存在しないのです。

今までにあるのは、国語科という教科の参考書、つまり「正解」にたどり着く読み方を解説した本で、その先はというと、一足飛びに難解な論文や文学理論の研究書になってしまいます。それらの文学理論について説いた書物や論文は、高校生や、大学に入ったばかりの学生の歯が立つ代物ではありません。しかもいっそう具合が悪いことに、「まえがき」でも触れたように、そうした理論書で説かれる理論は、たいがい西欧の研究者が西欧のフィクションを対象にして組み立てたものがベースになっていて、日本語で書かれた物語の実情には必ずしも合っていません。

日本語で書かれた物語を対象にした「読む方法」をわかりやすく解説した本が必要ではないかと、いろいろなところで話題にしたところ、「そんなに言うなら、自分で書いたらいいじゃないですか」と何人かの人から言われてしまいました。

それでその気になった、などというと、我ながらいかにもそそっかしい話ですが、この本を書く気になった動機はそういうことです。

そんなわけで、物語を読む楽しさをすでにある程度知っていて、さらにもう少しつっこんだ読み方をしてみたくなった高校生や大学生、一般の読者の方に向けて講義をするようなつもりで、この本を書いてみました。大学生だったら、教養課程の学生——もう死語ですが——や、文学部以外の学部の学生をイメージしています（専門に日本文学を学んでいる学生さんは、それぞれの専門分野に即してこの本のレベルよりはもう少し先に進んでいないと困ります）。

「日本語で書かれた物語の実情に合っていない」と言いましたが、物語理論についての参考文献自体はたくさんあり、この本を書くにあたっても、もちろんそれらを参考にさせてもらっています。しかし、煩わしい思いをせず楽しく読んでもらいたいと思ったので、それらの参考文献をいちいちあげることはしませんでした。この講義に触れて、物語の分析の方法に興味を抱いてくださった方は、それらの理論書へと読み進んでいただけたらと思います。皆さんが自分なりの読みの方法を磨いてゆくための、最初の足がかりがこの本だと考えていただければ幸いです。

この本の中では、なぜフィクションの物語を読む必要があるのか、という根本的な問題については触れませんでした。でも、この本の中に書いた分析の方法そのものが、なぜ物語を読むのかという問いに対する僕なりの解答になっているはずです。

物語の中には、現実の世界とは別の、独立した虚構の世界があります。ことばが生み出した一つの独立した世界を俯瞰的に見る眼を養うこと、それはとても大切なことです。現実の世界は複雑で、なかなか大所高所から俯瞰的に見わたすことはできませんが、物語を読むことは、一つのトータルな世界を、即自的にではなく、距離を置いて見るための恰好のトレーニングになります。しかしそれは、「何かのために必要である」という功利的な側面からの必要性でしかありません。物語を読むことは、そういう功利性を超えた大切な営みなのだということを、この講義を通して理解していただけたらと思います。

物語を読むということは、フィクションの世界に行って、また戻ってくることです。それはそれ自体として、大切な想像力のトレーニングにほかなりません。いったんフィクションの世界へ参入してからも、フィクションの世界を充分に楽しむためには、複数の場所を同時にイメージしたり、見ている対象への距離を変化させたり、自分の中で様々な種類の想像力を駆使する必要があります。

そんなふうにして、僕たちは物語を読むという最高の楽しみを享受しています。物語を読む楽しみがなければ、僕たちはずっと「現実」に、ここに、居るだけです。でも、ずっとここに居るだけでは、拡がりのあるイメージを獲得する力は身につきません。

学校で体育の授業を受けることがなくなっても、僕たちは、折に触れて身体を動かしたり、固くなった筋肉をほぐそうとしたりします。なぜ身体を動かさなければいけないのか、と疑問に思う人はいないでしょう。僕たちの身体がそれを要求しているのですから。物語を読むことも、それと同じではないでしょうか。

折に触れてフィクションの世界に浸ることをしなければ、僕たちの想像力は硬直化してしまいます。想像力を働かせ、フィクションの世界に身を浸すことは、逆説でも何でもなく、僕たちが、いま＝ここを生きていることのあかしなのだと思います。

青簡舎の大貫祥子氏は、企画の意図を正確に理解してくださり、本作りに際しても、いつもながらの配慮の行き届いたサポートをしてくださいました。ありがとうございます。

僕たちの物語への思いが、どうか、この本を手にしてくださる読者の方々に伝わりますように！

二〇一〇年五月

著　者

〈著者紹介〉

土方　洋一（ひじかた　よういち）

現職、青山学院大学文学部教授。専門は『源氏物語』からゴジラに至るまで幅広い。

父親の仕事の関係で、子供のころは二年おきぐらいに転校を繰り返していたので、本が大切な友だちでした。昔読んだ物語を読み返していると、その物語をはじめて読んだ時に住んでいた家の雰囲気や、手にしていた本の手触り、紙の匂いなどを思い出すことがよくあります。

物語のレッスン　読むための準備体操

二〇一〇年六月二五日　初版第一刷発行
二〇一四年二月一四日　初版第二刷発行

著　者　土方洋一
装　幀　水橋真奈美
発行者　大貫祥子
発行所　株式会社青簡舎
〒一〇一-〇〇五一
東京都千代田区神田神保町二-一四
電　話　〇三-五二一三-四八八一
振　替　〇〇一七〇-九-四六五四五二
印刷・製本　株式会社太平印刷社

ISBN978-4-903996-28-8　C1093